Ao redor do escorpião... uma tarântula?

Raimundo Carrero

AO REDOR DO ESCORPIÃO... UMA TARÂNTULA?

Orquestração para dançar e ouvir

ILUMI//URAS

Copyright © 2003:
Raimundo Carrero

Copyright © desta edição:
Editora Iluminuras Ltda.

Capa:
Fê
Estúdio A Garatuja Amarela
sobre *Dos figuras* (1953), óleo sobre tela [152,5 cm x 116,5 cm], Francis Bacon.
Coleção particular.

Revisão:
Ariadne Escobar Branco

Filmes de capa:
Fast Film - Editora e Fotolito

Composição e filmes de miolo:
Iluminuras

ISBN: 85-7321-201-2

2003
EDITORA ILUMINURAS LTDA.
Rua Oscar Freire, 1233 - 01426-001 - São Paulo - SP - Brasil
Tel: (0xx11)3068-9433 / Fax: (0xx11)3082-5317
iluminur@iluminuras.com.br
www.iluminuras.com.br

Este livro é de Marilena

ÍNDICE

AO REDOR DO ESCORPIÃO... UMA TARÂNTULA?
A tarântula ronda a morte e improvisa, 13
Na ponte flutuante do céu, o escorpião, 63
O escorpião beija a rosa da tarântula, 115

UM ROMANCE? UMA NOVELA? UM EFEITO ACÚSTICO?, 165
Raymond C. Westburn

Assim, escrever, a princípio um ilusório chamado, vai ampliando sua inestimável função elucidativa; passa a ser, não mais um chamado, e sim uma via — para muitos insubstituível — de acesso à verdadeira natureza das coisas, inclusive do próprio ato de escrever.

Osman Lins — *Guerra sem testemunha*

E, de súbito, é como um eflúvio, uma radiação, uma luz... distingo mal sua fonte que ficou na sombra... aquilo flui em minha direção, se espalha... alguma coisa me percorre... é como uma vibração, uma modulação, um ritmo... é como uma linha frágil e firme que se desdobra, traçada com insistente doçura... é um arabesco ingênuo e sábio... aquilo cintila fracamente... parece se destacar sobre um vazio sombrio... e depois a linha cintilante diminui, vai se apagando como absorvida e tudo fica escuro...

Nathalie Sarraute — *Os frutos de ouro*

Para Dostoievski não importa o que a sua personagem é no mundo mas, acima de tudo, o que o mundo é para a personagem e o que ela é para si mesma.

Bakhtin — *Problemas da poética de Dostoievski*

Tentei que a frase não diga apenas o que quer dizer, mas o diga de um modo que potencialize esse dizer, que o introduza por outras vertentes, não só na mente, na sensibilidade... tem que chegar fatalmente ao seu fim, como chega ao fim uma improvisação de jazz ou uma grande sinfonia de Mozart...

Julio Cortazar — *O fascínio das palavras*

As palavras não dirão o que gostaríamos de fazê-las dizer se o ritmo, a pontuação e toda a coreografia do discurso não as ajudam a conseguir do leitor, guiado então por uma série de movimentos nascentes, que ele descreva uma curva de pensamento e de sentimento...

Bergson — *Lourenço Chacon, O ritmo da escrita*

A TARÂNTULA RONDA
A MORTE E IMPROVISA

1

OLHA e vê: o marido dorme passado o clamor do sexo, dança de pernas e braços, gemidos de agonia e gozo, desprotegido, abandonado e só, despojado na mansidão lerda do sono. Entre a decisão e a coragem, observa-o na cama larga de lençóis alvos, travesseiros altos, espalhados, envolto pelas ramagens do mosquiteiro. Revólver na mão, prepara-se para festejar a bala que enfeitiçará o coração da vítima. Na pele, ainda os dedos e o suor do amado, conhece a necessidade da morte — absoluta necessidade da morte. O lustre apagado, o abajur aceso, a poltrona na penumbra, as marcas do sono se adensando no rosto, nas têmporas, no queixo, ela confia. Um apenas sorriso tímido nos lábios. E distante.

Alice?

O que faz uma mulher apontando o revólver para o marido? — o que faz — o que faz uma mulher sentada apontando o revólver para o marido que dorme? — que dorme — o que faz uma mulher terna sentada na poltrona apontando o revólver para o marido que dorme? — terna — uma mulher terna sentada tranqüila apontando o revólver para o marido que dorme? — tranqüila — o que faz uma mulher terna sentada tranqüila na poltrona apontando tensa o revólver para o marido que dorme? — tensa — o que faz uma mulher terna sentada tranqüila na poltrona apontando tensa o revólver pesado na mão direita para o marido

15

que dorme? — pesado — o que faz uma mulher terna sentada tranqüila na poltrona de espaldar apontando o revólver pesado na mão direita para o marido que dorme? — espaldar — o que faz uma mulher terna sentada tranqüila na poltrona de espaldar alto apontando tensa o revólver pesado na mão direita para o marido que dorme? — alto — o que faz uma mulher terna sentada tranqüila na poltrona de espaldar alto confortável apontando tensa o revólver pesado na mão direita para o marido que dorme? — confortável? — o que faz uma mulher terna sentada tranqüila na poltrona de espaldar alto confortável apontando tensa o revólver pesado na mão direita sobre a esquerda espalmada na coxa? — sobre a esquerda espalmada na coxa — o que faz? — terna tranqüila tensa — o que faz uma mulher — mais terna do que tranqüila — sentada na poltrona confortável de espaldar alto — mais tranqüila do que tensa — o revólver pesado na mão direita — mais tensa do que tranqüila — sobre a mão esquerda espalmada na coxa? — mais terna do que tranqüila — mais muito mais terna tranqüila tensa — mais terna menos tranqüila — mais tranqüila do que terna — menos terna mais tranqüila — menos tranqüila mais muito mais tensa — o que faz uma mulher mais tensa com uma aranha na orelha esquerda — será? — mais tensa muito terna com uma aranha na orelha — será mesmo — mais tensa do que tranqüila muito terna a aranha na orelha esquerda — será mesmo tensa? — uma aranha na orelha — que faz? — que faz uma aranha grande na orelha? — o faz mesmo — o que faz uma mulher terna sentada tranqüila na poltrona apontando tensa o revólver pesado na mão direita com uma aranha grande peluda na orelha esquerda? — será tranqüila — uma mulher terna sentada tranqüila na poltrona de espaldar alto confortável apontando tensa o revólver pesado na mão direita com uma aranha grande peluda para o marido que dorme homem dormindo deitado deveras desprotegido desmaiado na cama de costas nuas para ela — o homem de respiração leve — dormindo sem movimento — quem dorme faz movimentos? — você vive a meu lado e eu não tenho você, a mãe cantando no banheiro depois que as duas brigaram por causa de Leonardo, ele não serve para você, ela, a mãe dizia, repetindo quase por insulto — deitado forçando o vinco severo da coluna bem marcado — deveras é a musculatura em repouso — desprotegido a bunda escondida na bermuda — os pés cobertos pelo lençol — e o travesseiro — esquisito monótono repetido manjado travesseiro — entre os joelhos — esquisito dormindo monótono deitado repetido deveras travesseiro desprotegido descalço — e a mulher? — o que faz? — uma mulher terna sentada tranqüila na poltrona de espaldar alto confortável apontando tensa o revólver pesado na mão direita sobre a esquerda espalmada na coxa com uma aranha grande peluda felpuda na orelha esquerda? — uma mulher mais terna do que tranqüila sentada na poltrona de espaldar alto confortável apontando tensa o revólver pesado na mão direita sobre a esquerda espalmada na coxa para o marido que dorme dormindo deitado deveras desprotegido desmaiado na cama sob as ramagens do mosquiteiro com uma aranha grande peluda felpuda enorme na orelha esquerda — mais tranqüila do que tensa menos terna? — uma mulher terna sentada tranqüila na poltrona de espaldar alto confortável apontando tensa o revólver pesado na mão sobre a mão esquerda espalmada na coxa para o marido que dorme — dormindo? — uma mulher terna — deitado? — sentada tranqüila — deveras? — na poltrona confortável — desprotegido? — na poltrona de espaldar alto — desmaiado? — apontando tensa o revólver pesado dormindo na mão deitado sobre a mão esquerda espalda deveras na coxa desprotegido para o marido que dorme desmaiado na cama sob as ramagens do mosquiteiro terno com uma aranha grande tranqüila peluda tensa felpuda na orelha esquerda —

Não sossega — ela não sossega, esta mulher, essa tarântula, que sonha sentada em abrir as franjas do mosquiteiro e aproximar o revólver, no abismo do silêncio e das sombras, do corpo de

Leonardo, numa distância em que não precise chamuscar a pele. Sonha e não sossega em atingir o coração sem ofender as carnes, os músculos, os nervos. Um tiro na raiz do coração sem machucar o peito. Um tiro de mágoa, de paixão, de agonia. A cabeça pende, a boca abre, o ombro arreia, tremeluzem os olhos. Escurece. Querer, ela quer, deseja se levantar: um vulto que vence a noite — vence a noite e vence a dor. Sem pistas nem marcas sequer para ela própria. Não sossega. Sonha na poltrona. O sorriso não abandona os lábios.

Esta mulher, o que fará?

O que fará? — o que fará esta — essa mulher esta mulher — que vestia — veste vestia veste — um longo robe verde que chega — o que fará? — o que fará esta mulher que veste um longo robe verde que chega aos pés — o que fará? — o que fará essa mulher terna sentada tranqüila que vestia um longo robe verde que chegava aos pés — o que fará? — o que fará esta mulher terna sentada tranqüila que veste um longo robe verde que chega aos pés na poltrona de espaldar alto confortável — o que fará? — o que fará essa mulher terna sentada tranqüila que vestia um longo robe verde que chegava aos pés na poltrona de espaldar alto confortável as pernas cruzadas ressaltando a curva dos joelhos — que fará? — o que fará esta mulher terna sentada tranqüila que veste um longo robe verde que chega aos pés na poltrona de espaldar alto confortável as pernas cruzadas ressaltando a curva dos joelhos apontando tensa o revólver para o marido — o que fará? — o que fará essa mulher terna sentada tranqüila que veste um longo robe verde que chega aos pés na poltrona de espaldar alto confortável as pernas cruzadas ressaltando a curva dos joelhos apontando tensa o revólver para o marido que dorme a cintura marcada pelo cinto — o que fará? — o que fará esta mulher terna sentada tranqüila que veste um longo robe verde que chega aos pés na poltrona de espaldar alto confortável as pernas cruzadas ressaltando a curva dos joelhos apontando tensa o revólver para o marido que dorme a cintura marcada pelo cinto cabelos negros longos escorrendo mansos nos ombros — o que fará? — o que fará essa mulher terna sentada tranqüila que veste um longo robe verde que chega aos pés na poltrona de espaldar alto confortável as pernas cruzadas ressaltando a curva dos joelhos apontando tensa o revólver para o marido que dorme a cintura marcada pelo cinto cabelos negros longos escorrendo nos ombros na mão direita sobre a esquerda espalmada — o que fará? — o que fará esta mulher terna sentada tranqüila que veste um longo robe verde que chega aos pés na poltrona de espaldar alto confortável as pernas cruzadas ressaltando a curva dos joelhos apontando tensa o revólver para o marido que dorme a cintura marcada pelo cinto cabelos longos escorrendo nos ombros na mão direita sobre a esquerda espalmada o seio moreno macio manso maçã pêra — o que fará? — o que fará essa mulher terna sentada tranqüila que vestia um longo robe verde que chegava aos pés na poltrona de espaldar alto confortável as pernas cruzadas ressaltando a curva dos joelhos apontando tensa o revólver para o marido que dormia a cintura marcada pelo cinto os cabelos negros longos escorrendo pelos ombros na mão direita sobre a esquerda espalmada o seio manso moreno macio pêra duro bico arroxeado oferecendo-se com leveza ao decote que seguia em V desde a clavícula até o umbigo — o que fará? — a cintura marcada cintura marcada pelo cinto — os cabelos negros longos escorrendo mansos nos ombros — o seio moreno macio — manso maçã pêra — duro bico arroxeado — moreno manso maçã pêra macio — oferecendo-se com leveza ao decote que seguia em V desde a clavícula até o umbigo — e pensava não passará — não passará de hoje — de hoje — de hoje não passará — de hoje não passará não — insistentes ondas — não passará — não passará não de hoje não — não passará não — quase em voz alta para se convencer — sibilando — sibilando terna — sibilando tranqüila — sibilando tensa — não restará a este filho da puta outra alternativa senão sair do mundo — sair do mundo sangrando esquisito — expulso da vida — sangrando — expulso da minha sombra — sangrando — expulso sangrando monótono — não passará de hoje — expulso sangrando da vida repetido — sem mover o dedo encostado no gatilho — sangrando da vida — de hoje — sangrando — sentindo o frio e a maciez da arma niquelada — sangrando expulso sangrando — pronta para o tiro — não passará — estampido estrépito escândalo — o gesto ensaiado — estrépito escândalo estampido — mais do que ensaiado — escândalo estampido estrépito — muito mais do que ensaiado — estampido — pensado — estrépito — treinado — escândalo — revisado — pensado ensaiado revisado — sequer balançava os delicados pés — delicados repetidos envolvidos pés protegidos pelas sandálias brancas — muito mais do que escândalo — pensado e revisado — pensado e treinado — pensado e pronto — sentindo frio e a maciez da arma niquelada — esta mulher essa sentada mulher — o que faz? — o que fará? — o que faria? —

É possível que ele veja a mulher se dissolvendo nas ramagens, por trás do mosquiteiro, a tarântula sorrindo, não será a primeira vez. Noites inteiras ela ali, segurando o revólver. Sentada, a arma arriando. O peito caindo na blusa. Ela sonha abismada e não sossega tranqüila, a alma desconfiada: a vítima se oferece inteira, tão completamente inteira, tão frágil e de tal forma desprotegida, que se arrepia. Mais do que a nudez do corpo, muito mais do que a nudez do sonho, é o escuro da armadilha se articulando. As pernas cruzadas, os joelhos. Nas franjas do sono, Leonardo se distancia, ali deitado. Está convencida de que não passará de hoje. Ele tem a cabeça afundada no travesseiro — perde a perspectiva de Alice inteira.

O que faria?

O que faria? — o que faria essa mulher — Alice? — esta mulher sentada que ainda não penetrara inteiramente no negro bosque vicejoso da noite porque — vigiava as próprias dores? — Alice de propósito acendera tranqüila o abajur sobre a mesa — para se atormentar? — essa mulher perto da poltrona — ainda mais? — esta mulher Alice sentada e a luz caminhava sem força sem definição sem verdade — sem esquecer os gemidos? — Alice apontando em direção às paredes — sem esquecer os gemidos? — deixando-a essa mulher Alice esta mulher com a sensação de mulher — e cujas chagas precisam de sal? — que navegava essa mulher no vasto escuro ventre escuro verde escuro do mar — para não sarar? — e embriagada e aflita — escutando o sax de dg tocando a sombra do seu sorriso — sombrio baixo regular — experimentou o grave jh — tentou o inquieto cp — o bird assassinado pela droga — pela bebida — pela dor — na sombra do sorriso — no sorriso da sombra — no sorriso — na sombra no sorriso — na sombra — negando-lhe toda possibilidade de amor — todo amor é trágico, dizia-lhe mãe, cantando adeus às ilusões sentada na calçada da casa em Santo Antônio do Salgueiro, preparando Alice para a viagem ao Recife e observando as mulheres que passavam embriagadas depois da feira, um tem que morrer, minha filha, para o outro viver, repetia no sabor do sol do meio-dia — assim rimando — morrer com viver — igual aos pára-choques de caminhão — com o coitado coração cravejado de agonia — e atravessado pela singela flecha — gota de sangue pingando feito lágrima de desgosto — e desilusão — Alice? — vigiava as próprias dores? — para se atormentar? — ainda mais? — sem esquecer os gemidos? — e cujas chagas precisam de sal? — para não sarar? — Alice vigiava as próprias dores para se atormentar ainda mais sem esquecer os gemidos e cujas chagas precisam de sal para não sarar — esta mulher sentada que ainda não penetrara? — inteiramente no negro bosque vicejoso da noite porque? — Alice de propósito acendera tranqüila o abajur sobre a mesa? — essa mulher perto da poltrona? — esta mulher Alice sentada e a luz caminhava sem força sem definição sem verdade? — Alice apontando em direção às paredes? — deixando-a essa mulher

21

Alice esta mulher com a sensação de mulher? — que navegava essa mulher no vasto escuro ventre escuro verde escuro do mar? — para não sarar Alice as chagas que precisavam de sal sem esquecer Alice os gemidos ainda mais e atormentar as dores vigiadas por Alice — ainda não penetrara — Alice ainda não — ainda não — Alice não — e desejou — e desejou rir — o que faria? — o que faria essa senhora? — o que faria esta terna senhora? — o que faria essa tensa mulher? — Alice — sentada tranqüila que ainda não penetrara inteiramente e pensava não passará de hoje e no negro bosque vicejoso da noite — vigiava as próprias dores — que veste um longo robe verde e chegava aos pés na poltrona de espaldar alto confortável de propósito e não passará de hoje e não acendera o abajur sobre a mesa e não passará de hoje — para se atormentar — ressaltando a curva dos joelhos e de propósito e apontando o revólver para o marido que e não e dormia e não passará de hoje e em voz alta para se convencer — ainda mais — a cintura marcada pelo cinto — sem esquecer os gemidos — apagou a luz e acendera o abajur e os cabelos negros longos escorrendo pelos ombros e sibilando e tranqüila e sibilando tensa — e cujas chagas precisam de sal — e a luz caminhava sem força sem direção sem verdade e o revólver na mão direita sobre a esquerda espalmada e deixando-a com a sensação de mulher esta senhora — para não sarar? — o seio moreno manso maçã pêra e que dormia e duro bico arroxeado — oferecendo-se com leveza ao decote e embriagada e aflita e que seguia em V desde a clavícula até o umbigo — deixando-a com a sensação de mulher esta mulher essa senhora que navegava no vasto ventre escuro do mar — e desejou rir — ou queria rir — e sorrir? — e pretendia gargalhar — o rito da inquietação nos lábios — quem ri primeiro sorri só é possível ri depois que sorri — riso sorriso gargalhada — quem gargalha primeiro ri em seguida sorri só é possível ri depois que sorri para em seguida gargalhar — ou gargalhar? — os lábios atormentados pelo sorriso? — e era tudo o que queria — na verdade ria — não esse riso atormentado e devastador que chega ao rosto mascarando-o e atormentando-o

— que não é nem riso nem sorriso — gargalhada — transformado em gargalhada para o interior da alma — o riso que se esvai no sangue — lento e preguiçoso — sufocando o coração — arrepiando o estômago — e de repente — gela as mãos — os dedos arroxeados — desce aos pés com devagar — assim tivesse dificuldade de passar pelos joelhos dobrados — e não querendo gargalhar — e gargalhando — gargalhando por cima dos ombros — depois de rir e sorrir — gargalhando — gargalhando voltaria ao sorriso — retornaria ao riso — agora não — o que faz? — só riso — o que faria? — só rir so — o que fará? — ri so — que faz? — o que faria? — o que fará? — Alice gargalhando no quarto sem parar — amor de arranca toco, amor dos quintos do inferno, ouvia a voz da mãe trancada no quarto, depois que fora pedida em casamento por Leonardo, as duas zangadas, só permito porque conheço nas entranhas o seu destino extraviado, ela dizendo.

Os joelhos desnudos. Cobre-os com a seda da roupa. Joelhos lisos, joelhos leves. Início ou fim da coxa que se mostra, que se apresenta delicada, redonda e torneada, linda. Nela coloca a mão esquerda espalmada e, sobre esta, a mão direita, onde repousa o revólver de cano curto, o cabo niquelado. E o colo brando, terno, carinhoso, agasalha a esperança da morte, a decisiva esperança da morte, que se encrespa na seda e na pele, procurando o instante em que se transformará em clarão. A tarântula no joelho, enorme aranha. Deita a cabeça. Não quer deitá-la. Quieta, não balança sequer o pé suspenso, protegido pela sandália, os dedos soltos, não movimenta os dedos, as unhas esmaltadas, não sacode as pernas.

2

O DESEJO, Alice pensa na vontade de possuir o corpo vivo de Leonardo — é preciso matá-lo, é preciso, matá-lo. A agonia presa na garganta, o sangue esvaindo-se no interior das veias, do peito, do ventre, o choro nos lábios, o soluço perdendo-se na noite. Sente frio, maneja as mãos, afasta o mosquiteiro. Esbarra na ansiedade. Sem roupa, a carne festeja, a pele treme. Ajoelha-se, as mãos na cama, o revólver seguro, os seios apontando para a angústia de possuí-lo, aproxima os lábios, ele não se mexe. Beija-o, com leveza, com ternura, beijando-o desde o peito, desde os mamilos, percorrendo o umbigo, beijando-o nos pelos, percorrendo o sexo, as coxas, a virilha, percorrendo-o e beijando-o sempre. Também deseja os testículos, o ânus, as nádegas, a arma entre os dois — ela deitada, ele dorme, ele deitado, ela dorme. Não dorme, ele não dorme, ela pensa, ele não dorme, morto, ela pensa, ele morreu. E os olhos estão molhados, de lágrimas, de suor, de ânsia. Ajeita-se na cama, será possível atingir o coração sem causar dano à carne, e tem a cabeça levantada. Gemendo. Os olhos acesos. A face torturada.

Os dentes escancarados, a boca aberta, gargalhando.

Gargalhando — gargalhando Alice gargalhando no quarto sem parar e apontando o revólver para Leonardo que dorme o marido dormindo — tão bela quanto reles — a cabeça deitada para trás — a bela cabeça deitada para trás — a boca escancarada — a

boca reles escancarada — furna de vento — ela gargalha — tão
ingênua quanto aflita — os olhos ingênuos fechados — a máscara
aflita torturando a face — rosto abismado — gargalhando — tão
ruidosa quanto leviana — a tosse redobrando — a tosse ruidosa
redobrando — quebrando o silêncio — quebrando leviana o
silêncio — choque de sombras — Alice gargalhando no quarto
sem parar — bela e reles — e apontando o revólver para Leonardo
que dorme — ingênua e aflita — o marido dormindo — ruidosa
e leviana — leviana e bela — e apontando o revólver para o marido
que dorme — ruidosa e reles — Alice gargalhando no quarto sem
parar — ingênua e bela — o marido dormindo — aflita e leviana
— Alice gargalhando — furna de vento — no quarto sem parar
— rosto abismado — e apontando o revólver para Leonardo que
dorme — choque de sombras — o marido dormindo — Alice —
Alice gargalhando bela e reles no quarto sem parar ingênua e
aflita e apontando o revólver para Leonardo que dorme ruidosa e
leviana o marido dormindo — o marido dormindo tão bela quanto
reles e apontando o revólver para Leonardo tão ingênua quanto
aflita Alice gargalhando no quarto sem parar tão ruidosa quanto
leviana — e tão ruidosa e tão aflita e tão bela — o rito da
inquietação da alma — o rito e o riso — o sorriso e a gargalhada
— o rito da inquietação nos lábios — tão reles tão ingênua tão
leviana — o rito do corpo se debatendo — Alice no quarto —
aflita e reles — apontando o revólver para Leonardo que dorme
— leviana e ingênua — o marido dormindo — bela —
sinceramente bela — verdadeiramente bela — aterradoramente
bela — somente bela — bela somente bela — e bela e bela —
somente — somente Alice bela compõe soluços — a cabeça
ingênua encostada no espaldar alto confortável da poltrona — os
seios aflitos se sacudindo — o sangue alerta — Alice ouve — dg
está tocando — ela ouvindo — ouvindo ouve — o negro toca —
não passará de hoje — repete — ouvindo houve um tempo —
houve um tempo — impossível — impossível suportá-lo — não
passará — impossível — houve um tempo impossível — de hoje

25

não passará — dg está tocando a impossível a sombra do seu sorriso — de hoje — as paredes impregnadas — um tempo impossível — suportá-lo — impregnada a cama coberta pelo mosquiteiro — os lençóis impregnados pela música — feito a melodia saísse do segredo — do mistério — da solidão do quarto — do segredo criminoso do quarto — do mistério assassino do quarto — da solidão homicida do quarto — suportá-lo de hoje não passará — feito da bela melodia saísse o aflito segredo do ingênuo mistério da leviana solidão do reles quarto — do segredo criminoso do quarto aflito — do mistério assassino do quarto ingênuo — da solidão reles do quarto ingênuo — a cabeça não deitada para trás — a boca não escancarada — ela não gargalha — o lenço de seda roxo na mão esquerda — Alice não gargalhando não bela e não reles no quarto sem parar não ingênua e não aflita e não apontando o revólver para Leonardo que não dorme o marido não dormindo — não passará — de hoje jamais passará — não passará — repete assombrada repete — de hoje — desajeitada — não restará outra alternativa a este filho da puta senão sair da minha vida a bala — desleixada — não passará — expulso da minha sombra — sangrando — o seio não moreno não manso não maçã não pêra — o bico não arroxeado — não se oferecendo com leveza ao decote que não seguia em V desde a clavícula até o umbigo — deixando-a sim com a sensação de que a morte se adivinhava — ou dela ou dele — a morte — um dos dois sairia morto do quarto — ele sim — ela não — e ouve — ela ouve — sim ela ouve — ele não — ele não ouve a sombra do seu sorriso — Leonardo que dorme o marido dormindo — Alice sentada não tranqüila que ainda sim penetrara inteiramente e pensava sim passará de hoje e no negro bosque viscejoso da noite e que não veste um longo robe verde que não chegava aos pés na poltrona de espaldar alto não confortável e sim passará e sim acendera o abajur sobre a mesa e sim passará de hoje — sim passará dg tocando para Leonardo que não dorme o marido não dormindo — não o marido não ouve — ela ouve — o não marido não dormindo não ouve — houve um tempo em que fora feliz — em que foi Alice feliz — não houve um tempo em que Alice não foi feliz ouvindo dg — ou jh — ou cp — a mãe cantando, ela ainda ouve a mãe cantando felicidade foi se embora, e a saudade aqui no peito ainda mora, naquele instante em que Leonardo arrumou as malas para ganhar o mundo, e ela, Alice, cantando tchau, amore, tchau, as duas de mãos dadas na porta e acenando os lenços — sim houve um tempo em que sim fora feliz não ouvindo o negro dg — não houve um tempo em que sim fora feliz sim ouvindo dg — houve sim felicidade não sem esquecer os gemidos do marido que dorme sim com o travesseiro entre os joelhos porque houve um tempo em que houve felicidade enquanto ouve o negro tocando — quem ouve compõe soluços porque houve um tempo — quem ouve houve — quem houve ouve com a cabeça não encostada no espaldar não alto não confortável — quem houve ouve — quem ouve houve com os seios não se sacudindo — desajeitada — desleixada — descuidada — sim o lenço de seda roxa na mão esquerda sim segurando o seio direito moreno maçã pêra — desajeitada — com a sensação de que não navegava — desleixada — no vasto não escuro ventre não verde escuro do mar — descuidada — para sim sarar as chagas que não precisavam de sal esquecendo sim os gemidos não mais e não atormentar as dores vigiadas — Alice ainda sim penetrara — ainda sim — Alice sim — e retornava ao sorriso —

Cansa, agora cansa, inquieta e impotente, cansa. O suor poreja o rosto, ela quer manter as mãos sobre o marido, uma no peito, outra nas pernas, a presa que não se agita, não se altera, não se move. O uivo, poderia uivar, uivaria na mata escura, triste e vazia, a boca escancarada, uivando, ela também escura, triste e vazia. Os seios arreiam, a tarântula nos seios, enorme e negra, é a decepção. Por um instante, esquece a arma — deixa-a ao lado, animal ferido, esquecido e vulgar. Sentada, tomada de tristeza e mágoa, sentada procurando os ombros do homem, enlaçando-o sentada, e encosta a cabeça nas costas dele, deita-se. Mansa, animal peludo que mia nos telhados, mansa e quieta, amarga o soluço que vem escorrendo do peito, pela garganta, sacode a boca, irrompe nos lábios, decepcionada. Evita o choro, evita. Abre os braços, afasta-se de Leonardo, abre os braços, e vê o teto branco, cortado pelo mosquiteiro e pelos fios que sustentam a lâmpada, sinuosos, às vezes, puxados e densos, às vezes, encaracolados, sustentando vivo o lustre apagado, engenhosamente trabalhado, com vários pontos de luz.

Sonhando, Alice, essa mulher, uivando.

Sorrindo Alice não gargalhando — Alice sim sorrindo desajeitada — Alice desajeitada sorrindo no quarto desleixada — Alice desajeitada sorrindo no quarto desleixada — Alice desajeitada sorrindo no quarto desleixada não apontando o revólver descuidada — ouve o negro tocando a sombra do seu sorriso — o lenço de seda roxa na mão esquerda segura o seio direito sorrindo — derreada — a possibilidade do sono com o sonho — dormindo — não dormindo — derreada não dormindo não — desleixada não dormindo — desajeitada não dormindo — descuidada não dormindo — não dormindo não — desleixada ouve o negro tocando — não dormindo não — desajeitada com o seio moreno maçã pêra na mão direita — não dormindo não — descuidada o sono com sonho — não dormindo não — a mão direita segurando o revólver entre as pernas sobre o vestido — não dormindo não — a cabeça caindo no ombro esquerdo — não dormindo não — e o sorriso ruidoso arriando nos lábios — não dormindo não — esgar de morte — dormindo sim o sorriso ruidoso transformado em ronco não dormindo não — não dormindo não ouve o negro tocando não — houve o tempo da felicidade no sono — não ouve o que houve no tempo da felicidade no sonho — ouve o que não houve no tempo — ouve o sonho que houve no tempo do sono — não ouve o que houve no tempo da felicidade que não houve

— ouve desajeitada o que houve no tempo desleixado da felicidade descuida — descuidada não observando o homem dormindo não deitado não deveras não desprotegido não desmaiado — desajeitada Alice desleixada — e não deveras observando — o deitado homem dormindo — Alice sorrindo ouve desajeitada o negro tocando para o homem dormindo — expulso da vida — sim passará de hoje — a mão direita segurando o revólver não dormindo não entre as pernas sobre o vestido — os cabelos não negros não longos não escorrendo não mansos nos ombros — não expulso não sangrando da vida — sim passará — não deitado não forçando o vinco severo da coluna não bem marcado — sim passará sim — a cabeça não deitada para trás não dormindo — a musculatura não em repouso — a boca não escancarada não — passará sim passará — sim penetrara sim no definitivo negro bosque sim viscejoso da noite ouvindo sim o negro tocando — Alice sim definitiva — sim definitiva sim — Alice sim definitiva sim — sim dormindo sim — Alice sim voltava definitiva sim ao riso —

Rindo Alice desajeitada — rindo terna e desajeitada Alice compõe soluços desleixados — rindo terna e desajeitada Alice compõe desleixados soluços tensos — rindo terna e desajeitada Alice tranqüila compõe desleixados soluços tensos — mais terna do que tranqüila — hoje que a noite está calma e que a minha alma esperava por ti, a mãe lhe ensinava a cantar, e ela soluçando tchau, amore, tchau, as duas de mãos dadas acenando na calçada para o homem que ia viajar — mão direita segurando o revólver entre as pernas sobre o robe verde — sim dormindo não — rindo terna e desajeitada Alice sentada tranqüila na poltrona compõe desleixados soluços tensos e descuidados — mais tranqüila do que tensa — rindo terna e desajeitada Alice compõe desleixados soluços tensos e descuidados a mão direita segurando o revólver entre as pernas sobre o robe verde — não dormindo sim — o lenço de seda roxa na mão esquerda segurando o seio fora do robe

— mais tensa do que tranqüila — rindo terna e desajeitada a bela Alice compõe desleixados soluços tensos e descuidados a mão direita segurando ingênua o revólver entre as pernas levianas sobre o robe verde a cabeça caindo no ombro — não dormindo e sim terna — rindo terna e desajeitada a bela Alice compõe desleixados soluços tensos e descuidados — terna dormindo tranqüila — a mão direita segurando ingênua o revólver entre as pernas levianas sobre o robe verde — mais dormindo do que tensa — o lenço de seda roxa na mão esquerda segurando o seio arriando do decote em V — dormindo sim terna não — e a cabeça caindo no ombro — mais dormindo do que tensa — porque não ouve a felicidade enquanto houve o negro tocando sax-tenor — o homem atônito Leonardo que não dorme — dormindo — rindo terna e desajeitada a bela Alice compõe desleixados soluços tensos e descuidados a mão direita segurando ingênua o revólver entre as pernas levianas sobre o robe verde o lenço de seda roxa na mão esquerda segurando o seio arriando do decote em V a cabeça caindo no ombro porque não ouve felicidade que não enquanto houve o negro tocando a sombra do seu sorriso no sax o homem atônito que não dorme — Leonardo não dormindo.

Distraída, os olhos no lustre cercado de fios, brinca na lerdeza da alma, hipnotizada, tentando encontrar a lâmpada apagada, maravilhada, a luxúria das luzes, da iluminação farta, da farta luxúria das luzes, da iluminação farta da luxúria. E a face acalma, os olhos fecham, os cílios ausentes. Os braços em cruz, tenta evitar o sono, cabeceia, procura a arma na alvura da cama branca, os lençóis amarrotados, o ronco se arrastando na garganta, quentes, encrespando as mãos no travesseiro, saindo para a vida. Alertada pela vontade de matar, geme, procura forças na alma, no sangue, nos nervos, quase se levanta, agita-se. Pretende, pretende todo o tempo permanecer acordada, próxima do sol grotesco da vida. Não deseja o sono — não o quer, não o pretende —, precisa passar do meigo para o ódio, procura percorrer o caminho que conduz ao crime, percebe que é preciso — impiedosamente necessário — alimentar o animal grotesco que provoca a raiva. Parada, os olhos cerrados não desejam abandonar o lustre que se mantém escuro e cego permanece mágico.

3

ENTRE o lustre apagado, o abajur aceso e as sombras densas que se movem com lentidão no quarto, onde é preciso armar o mosquiteiro para impedir o avanço das muriçocas, dos mosquitos e das moscas, o ar condicionado impotente na luta contra os insetos, Alice inventa o sax do negro que toca a sombra do seu sorriso, a tarântula ouvindo, certa de que entre o lustre apagado, o abajur aceso e as sombras densas, o som afastará o sono, possibilitando a criação e a construção, a leve criação e a lenta construção da morte que se agita no peito, o coração — estandarte em batalha — tremulando de alegria. Vem daí a certeza de que a morte, igual a um abajur aceso, cavalgando no lustre apagado, e atravessando as sombras densas, está a caminho, e passando, finalmente, pela porta fechada, para alimentar o gosto de sangue sobre o corpo de Leonardo, bicando o coração amargo, sem precisar cortar a pele e as carnes, que é a melhor maneira de matar sem ofender o corpo. Na verdade sente, sente o frio da morte percorrendo o espaço entre a poltrona e a cama, posicionando-se no revólver que volta a apontar para o marido, e a morte é ao mesmo tempo revólver, mira e bala, que não permitirá mais que se distraia, que cochile e que durma, três vezes pronta para o crime, três vezes pronta para o assassinato, três vezes pronta para a morte. Agora não precisa mais se preocupar, alguma coisa se desenha no espírito avisando-lhe que a madrugada será plena de balas e de tiros, preparados para a celebração.

O revólver. A mira: a morte na agulha.

Seria sem dúvida desconfortável o marido vendo — seria —
com certeza seria — desconfortável o marido veria — seria sem
dúvida com certeza desconfortável — vendo veria Alice a fera
louca — a mãe cantando disse um campônio a sua amada, minha
idolatrada, diga-me o que quer, Alice se lembrava da tarde em
que representou na escola, ela e os meninos no teatro do jardim,
vestidos de soldados com bigodes de carvão, montados em cavalos
de pau, as vozes esganiçadas, e a mãe toda vestida de negro, o
cajado na mão, também cantando e perguntando — quem garante
que ele não veria — vendo viria em louca cavalgada — estando a
dor exposta na ferida — a dor ardente — o marido que vê seria o
ideal marido que viria — viria ver a ferida esbraseada — a dor
candente — se é certo que ele veria — com certeza viria ao sol do
meio-dia — vendo viria a chama humilhada — era o que mais
queria — a dor veemente — fechar a chaga que entardecia —
viria vendo a espada desembainhada — a dor morrente — ferir
de morte o coração de quem bebia — o amargo sangue que fervia
— vendo viria — no peito de Alice que exibia — a dor sofrida e
humilhada — a dor sofrente — o estandarte vermelho da agonia
— com absoluta convicção seria — seria doloroso atirar no peito
— doloroso com absoluta convicção seria não atirar no peito —
seria cruel ferir o homem — cruel com absoluta convicção seria
não ferir o homem — seria escandaloso matar o marido —
escandaloso com absoluta convicção seria não matar o marido —
seria — com absoluta convicção seria — quem garante que ele
não veria sim — rindo terna e desajeitada a bela Alice os cabelos
negros longos escorrendo mansos nos ombros — quem garante
que ele não vê — o seio moreno maçã pêra oferecendo-se com
leveza ao decote — quem garante que ele sim veria não — que
segue em V desde a clavícula até o umbigo — ele vê ele não veria
sim — não veria sim a bela Alice tranqüila sentada a mão direita
segurando tensa o revólver entre as pernas terna sobre o robe

verde e o lenço de seda roxa na mão esquerda sustentando o seio moreno — ele sim veria não desde quando — a mãe vestida de negro com o cajado na mão cantando hoje que a noite está calma e que minha alma esperava por ti, apareceste afinal, torturando este ser que te adora, e perguntando — vendo e vendo veria — sentada desconfortável segurando — Leonardo vê — sentada desconfortável sem dúvida segurando o peito — Leonardo viria — Alice sentada desconfortável sem dúvida segurando o seio maçã pêra — viria vendo viria — Alice sentada desconfortável sem dúvida seria segurando o seio maçã pêra oferecendo-se com leveza ao decote — vendo seria vê — Alice sentada sem dúvida segurando seio moreno maçã pêra desajeitada seria desconfortável o marido vendo o seio maçã moreno pêra oferecendo-se ao decote em V desde a clavícula até o umbigo — via o marido Leonardo vendo era o que mais queria — Alice sentada desleixada e desconfortável sem dúvida segurando seio moreno pêra maça segurando o revólver oferecendo-se ao decote em V desde a clavícula até o umbigo do longo robe verde — veria o marido o que mais queria ver — o seio moreno macio maçã delicado pêra Alice sentada vendo o marido Leonardo dormindo desconfortável desleixado na cama alva de lençóis brancos e segurando o revólver na poltrona oferecendo-se — veria não viria sim vendo — Alice sentada seria cruel — seria escandaloso — com absoluta convicção seria escandaloso — seria cruel e escandaloso atirar no marido — atirar no peito de quem ama — amada amante a mãe cantava no deslize da noite sem sono, a mãe cantava e brincava Alice, amada, amante, esse amor sem preconceito, que não sabe o que é direito — o que é direito o que não é direito atirar no peito de quem ama segurando tensa absolutamente tranqüila — absolutamente sim — não — não absolutamente não — atirar ali sentada na poltrona no peito de quem ama — seria escandalosamente cruel com absoluta convicção atirar os cabelos negros longos escorrendo mansos nos ombros ternos — Alice sentada amada com absoluta convicção apontando o revólver para o marido dormindo a dor sofrida — e humilhada — a dor sofrente — estandarte vermelho da agonia — apontando — vendo veria — o revólver — vendo seria — o revólver para o seio moreno — e maçã — e pêra — se oferecendo ao decote em V desde a clavícula até o umbigo — não absolutamente sim — quem garante não — quem garante sim — atirando no coração de quem ama — a mãe cantando hoje que a noite está calma —

Três vezes preparada para o crime, três vezes: o sorriso na sombra do sax tocando à noite entre a decisão e a coragem, ocupando o espaço entre a poltrona e a cama, todo o espaço, reverberando nos móveis e no altar, espaço que será substituído e unido pela linha reta que a bala percorrerá desde o revólver até o corpo da vítima preso embaixo do mosquiteiro, sem sinuosidades nem curvas, em linha reta permanente, uma linha só, da vida para a morte, a bala em linha reta unindo a morte e a vida. Três vezes preparada para o assassinato, três vezes: a bala cortando o som, repartindo a música negra que preenche a solidão e o susto, reunindo pedaços de lembranças e de vida que se concentrarão no coração da vítima, vítima presa na cama de lençóis brancos, recortada pela desproteção e pelo vazio, pela solidão, pela armadilha do sono, pela solidão da armadilha e pela armadilha do sono. Três vezes preparada para a morte, três vezes: o revólver silencioso que aceita a vida do negro tocando sax, destruindo a solidão das balas, distante, o vazio entre a cama alva e a poltrona escura, rondando a presa vítima nos lençóis e nos travesseiros, estabelecendo o delírio do sono, que se afunda na ansiedade, esquecendo que num escapar de momento o tiro explode, a bala uiva entre a poltrona e a cama, assemelhada ao sonho — o pesadelo — que destroça a vida, de vez e para sempre a morte, eternamente vida e eternamente morte. Três vezes preparada para a vida, três vezes.

O amor três vezes assassinado — solidão e sangue.

Leonardo vê Leonardo viria Leonardo veria — veria sim veria
não — não veria — sim veria — veria não veria sim — veria este
homem Leonardo esse guerreiro viria — desde quando — desde
a noite em que a sombra desvendou o sofrimento — desde a
noite em que a sombra caiu no padecimento — vieram a espada
desembainhada e o estandarte vermelho — vieram o revólver na
mão direita e o lenço na esquerda — foi uma lua de sangue uma
foi uma lua de desespero — desde a noite em que a sombra revelou
o pesadelo — quem garante que ele não vê — quem garante que
ele não viu — quem garante que ele não viria sim — quem garante
— este homem Leonardo esse marido dormindo sem movimento
e o travesseiro esquisito entre os joelhos na cama coberta pelo
mosquiteiro — este homem Leonardo esse guerreiro — quem vê
— Alice alimentando a morte — no revólver — na mira — na
explosão — desejando o sorriso — no gesto — no gosto — no
rito — procurando o riso — nas entranhas — no peito — na
boca — alcançando a gargalhada — no barulho — no ruído —
na aflição — Alice compondo soluços — os longos cabelos negros
mansos — quem compõe soluços quer matar — quem compõe
soluços quer — quem compõe — quem compõe a música que o
negro está tocando no sax-tenor — quem compõe quem compôs
quem comporia — quem compôs Alice alimentando a morte na
explosão do revólver — na mira da explosão — desejando a
composição da morte — procurando o sorriso da morte —
alcançando a gargalhada da morte — no barulho da aflição — na
mira do riso — no gosto do sorriso — no gesto da gargalhada —
nas entranhas da morte — quem compõe soluços alimenta as
entranhas da morte — tocando saxofone o rito o gosto o gesto da
morte — o rito da morte procurando nas entranhas a mira —
mira do sorriso do riso da gargalhada — Leonardo sempre viria
— Alice sentada vestindo robe de seda verde compondo — sempre
Leonardo sempre — compondo soluços e desejando a composição
da morte — vendo não viria — este cavaleiro Leonardo — este
guerreiro — procurando o riso na garganta — Leonardo vendo

— Alice sentada desde a noite em que a sombra desvendou o sofrimento vendo — desde quando — Leonardo — desde a noite em que a sombra caiu no padecimento — vieram Alice com o revólver na mão direita — e o lenço de seda roxa na esquerda — quem garante — ela sentada apontando o revólver para o marido que dorme — o marido dormindo — este marido — desconfortável sob as ramagens do mosquiteiro — e ele vendo — a aranha — e ele via as teias da aranha — e ele viria — a tarântula descendo as ramagens do mosquiteiro — e o travesseiro esquisito entre os joelhos — tocando saxofone — na mira do sorriso — desejando a morte — na mira do riso — desejando a absoluta — na mira da gargalhada — desejando a necessidade absoluta da morte — Alice sentada desleixada e apontando o revólver desconfortável para este mátrio esse homem Leonardo esse guerreiro que dorme — quem compõe Alice sentada — quem compôs Alice sentada na poltrona — quem comporia Alice sentada na poltrona apontando o revólver — no rito — para o marido — o rictus — dormindo — o movimento do marido que gargalhada a morte — o marido dormindo procurando a morte — o marido dormindo procurando o movimento da morte — o marido dormindo procurando o movimento da morte a gargalhada da morte — o marido procurando o movimento da morte dormindo — viria sim veria não vê — não vê — vê — não vê — os olhos não vêem o estandarte vermelho da agonia caindo no padecimento de Alice — sempre Alice sentada — sempre Alice rondando — sempre Alice apontando a morte por absoluta necessidade para Leonardo dormindo sob as ramagens do mosquiteiro — Alice sempre sentada ouvindo o sax do negro que compõe soluços desejando o sorriso — sempre desejando o riso — sempre desejando a gargalhada — e a madrugando compondo o negro que toca sax — com a absoluta necessidade da morte — a morte do negro que toca e compõe desde a noite em que a sombra caiu no padecimento — Leonardo vê — foi uma lua de sangue — Leonardo viria — foi uma lua de desespero — Leonardo veria — desde a noite em que

a sombra revelou o pesadelo — rindo Alice — terna e bela —
tranqüila os cabelos negros escorrendo mansos nos ombros com
a leveza do decote — do vestido em V desde a clavícula até o
umbigo oferecendo — a tarântula esta mulher tarantulosa —
Leonardo vê —

Segurando o revólver na mira certeira do coração do homem,
sente os olhos ardendo, a falta dos cílios, gostaria tanto que
Leonardo acordasse reclamando. Ele não diz nada, dorme. Nada
poderia dizer, não pode. Dorme e pode reclamar em sonho o que
já aconteceu em outras noites. O olho procura o passado: o marido
nu saindo do banheiro, servindo-se de uísque e gelo, vulgar e
asqueroso, exibicionista. Pensa que devia ter atirado naquele
instante em que ele apareceu no quarto, desnudo e antipático. É
a verdade: ama-o, o marido, a antipatia. Ama o sorriso irônico,
ama a voz irada, ama a grosseria, ama a mentira. Amam-se. O que
pretende é elaborado no vagar dos minutos — cortar a antipatia
ao meio, o sorriso irônico em duas partes, a voz irada pela metade,
a grosseria em bandas iguais, a mentira no centro. Destroçá-lo
piedosamente. E com paixão, com ternura, com carinho, com
meiguice, com afeto, com amor. Com a paixão que ama a antipatia,
com a ternura que ama o sorriso irônico, com o carinho que ama
a voz irada, com a meiguice que ama a grosseria, com o afeto que
ama a mentira, com o amor que ama o amor. O olho que procura
o passado, procura a ira: é preciso alimentá-la sem perder o afeto,
sem perder a ternura, sem perder o amor. Juntos, gostaria de
esbofeteá-lo, só para que ele se sinta amado. Vagueia no sono e
vê-se espreitando a presa, aguarda o momento em que amará a
morte.

Odeia o afeto. E para sempre: a fúria e o carinho.

Quem vê — na vera na verdade na verdadeira — quem viu —
na fúria na força na febre — quem viria — no sono no sonho no

som — quem — o cavaleiro do sonho — nem sempre do sono é
— é do sonho e não do sono — do sonho que se tem em pé — o
cavaleiro do sono não serve para ilusão — dorme o sono e não
sonha — não luta contra o dragão — para salvar a donzela — que
sonha em matar o cavaleiro — ao som da negra canção — o cavaleiro
do sono na verdade é o dragão — que vem na noite encantada —
para morrer na espada — da donzela sem compaixão — esta
mulher rindo vê o homem que dorme por entre as franjas dos
olhos a bela Alice via este homem enfeitiçado nas nuvens do
mosquiteiro essa senhora veria esse homem que dormia Leonardo
esse cavaleiro dormindo e o travesseiro esquisito monótono
repetido entre as pernas — deitado desprotegido desmaiado —
esse homem deitado viu essa bela Alice sorrindo sentada na
poltrona de espaldar alto confortável esta senhora apontando o
revólver para esse homem desprotegido que dormia — essa mulher
gargalhando ouvindo o negro tocando sax veria o guerreiro que
dorme por entre os olhos esse homem Leonardo desmaiado
enfeitiçado nas nuvens do mosquiteiro o travesseiro esquisito
monótono repetido entre as pernas — ele vê na vera esta mulher
Alice essa bela na fúria que ri o seio macio maçã pêra sorrindo na
força oferecendo-se na verdade ao decote gargalhando ouvindo o
negro que toca sax na febre apontando o revólver na verdadeira
loucura para o marido que dormia — ele sim viria não na verdade
no sono por entre as franjas dos olhos no sonho Alice gargalhando
no quarto sem parar ouvindo a sombra do seu sorriso apontando
o revólver para este Leonardo esse guerreiro enfeitiçado nas nuvens
do mosquiteiro que não dorme o marido não dormindo o
travesseiro não esquisito não monótono não repetido entre as
pernas — não viria Leonardo o marido que não vê — não veria o
guerreiro na sombra do seu sorriso — vê o riso vê a bala vê o
revólver — viria o cavaleiro ardente este guerreiro — o estandarte
do amor vem desfraldado — lutar contra o dragão da morte esta
mulher — não vê o riso não vê a bala não vê o revólver — dormindo
está dormindo esse guerreiro — Leonardo o marido ardente este

cavaleiro — que sonha com a bela Alice esta senhora — alerta
para a luta do que vier — rindo — Alice rindo desajeitada no
quarto desleixada — a música no ar e essa ternura sobre nós, a
música no ar estamos sós, a mãe cantando desde o dia em que as
duas ficaram fazendo serão para bordar os lenços que Leonardo
vendia nas feiras dos sábados e domingos nas feiras do interior de
Pernambuco — a bela Alice vendo veria em louca cavalhada —
veria este homem Leonardo esse guerreiro viria — que o cavaleiro
do sonho nem sempre do sono é — estando a espada exposta na
ferida — desde quando — a dor ardente — é do sonho e não do
sono — o marido que vê seria o ideal do marido que viria —
desde a noite em que a sombra caiu no padecimento — o sonho
que se tem de pé — viria ver a ferida esbraseada — vieram a
espada desembainhada e o estandarte vermelho — o cavaleiro do
sono não serve para ilusão — a dor candente — vieram o revólver
na mão direita e o lenço de seda na esquerda — dorme o sono e
não sonha — se é certo que ele veria — foi uma lua de sangue foi
uma lua de desespero — com certeza viria ao sol do meio-dia —
desde a noite em que a sombra revelou o pesadelo — vendo veria
a chama humilhada — não luta contra o dragão — era o que
mais queria — a dor veemente — para salvar a donzela — fechar
a chaga que entardecia — que sonha em matar o cavaleiro —
viria vendo a espada desembainhada — ao som da negra canção
— a dor morrente — o cavaleiro do sonho na verdade é o dragão
— ferir de morte o coração de quem bebia — que vem na noite
encantada — o amargo sangue que fervia — para morrer na espada
— vendo veria — da donzela sem compaixão — no peito de
Alice que exibia — a dor sofrida e humilhada — a dor sofrente
— o estandarte vermelho da agonia — não Alice não gargalhando
— sem parar sim no quarto ouvindo a noite do seu sorriso
apontando o revólver o mesmo revólver — para sempre revólver
— apontando o revólver — e atirando o revólver para esse
Leonardo — para esse guerreiro Leonardo — para esse cavaleiro
Leonardo — vê o riso e vê o som negro da canção — vendo veria

a espada desembainhada — vendo Leonardo viria Leonardo vendo — a dor veemente — para salvar a donzela — a dor sofrente — Leonardo o marido alado este guerreiro — quem na vera — quem vê — esse Leonardo este guerreiro esse cavaleiro —

Ela sabe, Alice na sonolência da ansiedade, na espera do assassinato, na luta pelo domínio do sono, Alice sabe, para dominar a ansiedade, para dominar a espera, para dominar o sono, esta mulher sabe, que na sonolência da ansiedade deve acarinhar a arma, que na espera do assassinato precisa alimentar o revólver, que na luta pelo domínio do sono deve amar a morte, esta mulher sabe, que o marido dorme na espera do assassinato, na ansiedade de acarinhar a arma, na luta para dominar o sono, Alice sabe, no domínio do sono, na espera do assassinato, na sonolência, ela sabe. Desperta. Lenta, devagar, sombria. Desperta. Abre os olhos, agora na vera, agora na verdade, agora na verdadeira — abre os olhos. Na passagem do sangue para os olhos claros, desperta. Parece surpresa, parece encantada, parece agradecida: ele, o marido, Leonardo o marido que dorme, está ali na cama, esquisitamente embaixo do mosquiteiro, dominado pelas franjas, pelas nuvens, pelas ramagens. Expondo-se cru e nu. Alegra-se, não estava somente na sonolência, na vigília, na espera: o homem está ali em carne e músculos, deitado, dormindo, dominado. Pode abraçá-lo, acarinhá-lo, beijá-lo. E agradecer. Pronta, emocionada, agradecer, afagando-lhe as mãos, agradecer, gargalhando inteira, agradecer: abraçando-o, acarinhando-o, beijando-o — ele vive, ele existe, ele é. E se não fosse assim jamais teria a alegria de matá-lo. Uma grande injustiça não poder assassiná-lo. Ele vive. Que bom.

4

EUFÓRICA, não deseja esquecer, agora que pensa estar acordada, nunca esquecerá, o domingo, é impossível, a tarde do domingo, não esquece, em que Leonardo chamou-a vem cá, ele vive. Deitado, permanece dormindo, curioso imaginar que ele é, o que foi, o que não será, o homem que chamou-a vem cá, menininha, vem cá. Aquele marido desprotegido, nem parece de longe Leonardo dizendo vem cá e traga a tesourinha — a língua tocando-lhe a orelha, a respiração ardendo na face, a voz queimando a pele. Este homem Leonardo que dorme deselegante e naquela hora forte e definitivo, traga a tesourinha, meu amor, o gemido se arrastando na garganta, belo e afoito, o marido. Tão marido aquele homem insistindo vem cá e traga a tesourinha, meu amor, não demore, meu amor. Atravessou o terraço com trepadeiras entrançadas no caramanchão, despejadas nos bancos de madeira, subindo nas pilastras, bogarís cheirando, flores espalhadas, secas e verdes as folhas. Chegou com a tesourinha que estava na gaveta da sala, entre talcos, sedas e lenços, você ordenou, solicitou, pediu, meu amor, aqui está aos pés, a donzela ajoelhando diante do cavaleiro, do guerreiro. Era mesmo aquele marido, igual a este homem, Leonardo que mandou fique ajoelhada, coloque as mãos nas minhas coxas, você terá uma surpresa, só abra os olhos quando eu mandar. Fique o homem dormindo desprotegido estranho ao homem que vive, ele é, e ela percebendo quando os cílios foram cortados, minucioso artesão e exato artífice, depois você, amada, verá com mais clareza. Na tarde do domingo, ela não esquece, o homem inteiro, aquele Leonardo fazendo festa com a brincadeira, é só prazer, amor, apenas festa de paixão, brincadeira de amor, ele dizia, brincadeira da paixão, festa e brincadeira, e não estava dormindo derrotado, rindo, sorrindo e gargalhando, era ele quem ria, sorria e gargalhava, na tarde do domingo, de que é feito o domingo, perguntava à mãe, de que o quê, minha filha, domingo é coisa sisuda, respondendo. O mundo se contorcendo, aquela maravilha de beleza e aquela maravilha de dor, ela sentada dormindo e não dormindo, pensando é muita sorte que Leonardo viva.

Alice vária. Viva e vária. Alice vive.

Quem faz o quê? — essa mulher — quem faz? — esta mulher Alice — quem? — esta mulher Alice essa mulher — quem é? — esta mulher Alice essa senhora rindo — quem é essa mulher Alice esta senhora essa donzela? — esta mulher Alice essa donzela ouvindo o negro tocando sax é vária esperando ouvir a bala — essa donzela Alice esta senhora ouvindo o negro tocando sax é vária e muitas porque múltipla esperando ouvir a bala sentada na poltrona de espaldar alto confortável? — esta mulher Alice sentada na poltrona de espaldar alto confortável é vária e muitas ouvindo o negro tocando sax porque múltipla esta senhora que vestia um longo robe verde que chegava aos pés múltiplas e marias — essa donzela Alice esta senhora sentada na poltrona de espaldar alto confortável vária e muitas apontando o revólver para o marido que dorme múltiplas e marias ouvindo o negro tocando sax na sombra do que seu sorriso Maria Alice que vestia um longo robe verde que chegava aos pés? — esta senhora Alice essa donzela terna sentada na poltrona de espaldar alto confortável tranqüila e vária ouvindo muitas o negro tocando sax porque múltipla apontando o revólver para o marido esse guerreiro que dorme múltiplas e marias que vestia um longo robe verde que chegava aos pés márias e marias? — essa senhora Alice esta donzela terna sentada tranqüila na poltrona de espaldar alto confortável várias e muitas apontando tensa o revólver para o marido esse guerreiro Leonardo este cavaleiro que dorme múltiplas e marias que vestia um longo robe verde que chegava aos pés e ouvindo o negro tocando sax na sombra do seu sorriso Maria Alice márias e marias as pernas cruzadas ressaltando a curva dos joelhos muitas num só corpo que é difícil carregar? — esta Alice donzela essa senhora terna sentada tranqüila na poltrona de espaldar alto confortável apontando tensa o revólver pesado na mão direita para o marido que dorme esse cavaleiro Leonardo dormindo múltiplas e marias que vestia um longo robe verde que chegava aos pés e ouvindo Dexter Gordon tocando tenor na sombra do seu sorriso Maria Alice márias e marias as pernas cruzadas ressaltando a curva dos joelhos muitas num só corpo que é difícil carregar verdadeiras diversas meretrizes de roupa vermelha — essa Alice senhora donzela terna sentada tranqüila na poltrona de espaldar alto confortável apontando tensa o revólver pesado na mão direita para o marido Leonardo o cavaleiro que dorme esse guerreiro dormindo múltiplas e marias que vestia um longo robe verde que chegava aos pés e ouvindo o saxofone do negro Gordon na sombra do seu sorriso Maria Alice márias e marias as pernas cruzadas ressaltando a curva dos joelhos muitas num só corpo que é difícil carregar verdadeiras diversas meretrizes de roupa vermelha e rosa vermelha e sapato vermelho e batom vermelho? — esta senhora terna Alice donzela tranqüila e meretriz tensa sentada vária na poltrona de espaldar alto confortável tranqüila apontando muitas o revólver pesado na mão direita sobre a esquerda espalmada na coxa para o marido que dorme o guerreiro Leonardo cavaleiro dormindo múltiplas e márias que vestia um longo robe verde que chegava aos pés e ouvindo o negro tocando saxofone tenor na sombra do seu sorriso Maria Alice márias e marias as pernas cruzadas mostrando a curva dos joelhos muitas num só corpo que é difícil carregar a cintura marcada pelo cinto verdadeiras diversas meretriz de roupa vermelha cabelos negros escorrendo nos ombros rosa vermelha na orelha o seio moreno macio maçã pêra vestido vermelho sapato vermelho batom vermelho — essa vária Alice múltipla senhora diversa donzela sentada meretriz tensa na poltrona de espaldar alto confortável tranqüila apontando muitas o revólver pesado na mão direita sobre a esquerda espalmada na coxa para o marido dormindo Leonardo que dorme o cavaleiro múltiplas e márias que vestia longo um longo robe verde que chegava aos pés e ouvindo o sax do americano tocando na sombra do seu sorriso Maria Alice márias várias marias as pernas cruzadas mostrando a curva dos joelhos muitas num só corpo que é difícil carregar a cintura marcada pelo cinto preto verdadeiras diversas meretriz de roupa vermelha cabelos negros escorrendo nos ombros rosa vermelha na orelha o seio moreno macio maçã pêra vestido vermelho sapato vermelho batom vermelho meretriz puta não puta putíssima donzela Alice esta senhora tranqüila meretriz essa mulher? —

Penando e não dormindo, a lembrança dentro do sono, mais vigília do que sono, mais lembrança do que sonho, mais sonho do que sono, o revólver aconchegado no colo, agasalhado e protegido, Alice olha e vê: o marido dorme, tão homem e tal marido, na névoa da lembrança e da vigília, dizendo depois você verá com mais clareza, luz abundante e alegre, abra os olhos, meu amor, abra os olhos formosa mulher. Prazer do sangue agitando as veias, beijo a beijo, boca a boca, lábios de línguas e mordidas, o peito esvaindo-se de alegria. Entre a decisão e a coragem, abre os olhos, estou bem assim, ela indagando, pareço uma borboleta, perguntando, queria estar de saia longa e rendada, dessas que voam, que voam, que voam, insistindo. Revólver na mão, ele estava sorrindo, o belo sorriso de antipatia, o lindo sorriso de ironia, o magnífico sorriso de zombaria. Na pele, ainda os dedos e suor do marido, nos olhos o ruído agonioso da tesourinha cortando os cílios, devagar, muito devagar, no sangue o sonho do crime, o desejo do assassinato, a vontade da morte, ela pensa. Diante do lustre apagado e do abajur aceso, no espaço da poltrona para a cama, onde a penumbra se adensa, Alice se esforça para manter o sonho, o desejo e a vontade de atirar, de molhar as mãos no sangue do amado, do para sempre amado, eternamente, daquele que dorme e em cuja veia escorre a antipatia, a ironia e a zombaria, amor intenso de quem conhece os segredos do coração humano. E ela não sossega, sonha e não sossega, esperando disparar o tiro de mágoa, o tiro de paixão, o tiro de agonia. Aguarda o momento em que não mais suportará o silêncio, feito voando naquela tarde do domingo com a sensação de leveza que a levava para a claridade, para a luz e para o sol — para espalhar o dia da alegria, para celebrar o encantado e para comemorar o maravilhoso. Pensa que será preciso matar o coração sem macular a pele. A cabeça arreia, o ombro pende, os olhos fecham. Escurece. Sem pistas e sem marcas. Não sossega, olha e observa: as franjas do mosquiteiro protegem Leonardo. O sorriso abre-se, mais ainda abre-se para acalentar o sono e sonho, o sono e a lembrança, o sonho e a lembrança. A mão esquerda sobre a direita.

O olho fura a mira, que fura a bala, que fura a vida.

Esta mulher? — esta mulher vária Alice essa puta donzela sentada tensa ainda não penetrara inteiramente no negro bosque vicejoso da noite — essa senhora? — essa senhora Alice vária essa puta múltipla meretriz sentada tensa na poltrona de espaldar alto tranqüila ainda não penetrara inteiramente no vicejoso bosque da noite apontando muitas o revólver para o marido que dorme o cavaleiro Leonardo dormindo — esta puta? — esta puta Alice vária essa meretriz múltipla sentada tensa na poltrona de espaldar alto confortável tranqüila ainda não penetrara inteiramente no vicejoso bosque da noite vigiava as próprias dores apontando muitas o revólver para o cavaleiro que dorme o guerreiro dormindo múltiplas e márias — essa senhora puta? — essa senhora puta Alice essa meretriz vária múltipla sentada tensa na poltrona de espaldar alto confortável tranqüila ainda não penetrara no vicejoso bosque da noite vigiava as próprias dores para se atormentar apontando muitas o revólver para Leonardo o marido guerreiro que dorme o cavaleiro dormindo múltiplas e márias que vestia um longo robe verde — esta donzela mulher? — esta donzela mulher vária Alice essa senhora meretriz múltipla sentada ainda mais tensa na poltrona de espaldar alto confortável tranqüila ainda não penetrara no vicejoso bosque da noite de propósito acendera o abajur sobre a mesa vigiava as próprias dores para se atormentar apontando muitas o revólver para o guerreiro que dorme Leonardo o marido cavaleiro dormindo múltiplas e márias que vestia longo um robe verde que chegava aos pés ouvindo o negro tocando sax — essa senhora mulher? — essa senhora mulher Alice esta puta vária essa meretriz múltipla sentada ainda mais tensa na poltrona de espaldar alto confortável tranqüila ainda não penetrara no vicejoso bosque da noite sem esquecer os gemidos de propósito acendera o abajur sobre a mesa vigiava as próprias dores para se atormentar ainda não apontando muitas o revólver para o marido que dorme esse guerreiro este cavaleiro dormindo múltiplas e márias que vestia um longo robe verde que chegava aos pés ouvindo o negro tocando sax na sombra do seu sorriso rosa vermelha na orelha — esta mulher puta? — esta mulher puta essa Alice vária esta senhora múltipla essa meretriz sentada ainda mais tensa na poltrona de espaldar alto com a sensação de mulher confortável tranqüila ainda não penetrara no vicejoso bosque da noite sem esquecer os gemidos cujas chagas precisam de sal de propósito acendera o abajur sobre a mesa vigiava as próprias dores para se atormentar ainda não apontando muitas o revólver marido este Leonardo que dorme esse guerreiro cavaleiro dormindo múltipla e márias que vestia um longo robe verde que chegava aos pés ouvindo o sax do negro tocando na sombra do seu sorriso rosa vermelha na orelha o seio moreno maçã pêra? — essa putíssima senhora? — essa putíssima senhora Alice esta múltipla puta essa mulher vária esta sentada meretriz ainda mais tensa que navegava no vasto ventre verde escuro do mar na poltrona de espaldar alto com a sensação de mulher confortável tranqüila ainda não penetrara no vicejoso bosque da noite sem esquecer os gemidos cujas chagas precisam de sal de propósito acendera o abajur sobre a mesa vigiava as próprias dores para se atormentar ainda não apontando muitas o revólver para esse Leonardo este dormindo o guerreiro esse cavaleiro que dorme múltipla e márias que vestia um longo robe verde que chegava aos pés a puta de roupa vermelha cabelos negros escorrendo nos ombros ouvindo ainda não o tenor do negro americano tocando na sombra do seu sorriso rosa vermelha na orelha o seio moreno maçã pêra duro bico arroxeado oferecendo-se com leveza ao decote — esta donzela putíssima?

— esta donzela putíssima vária essa Alice esta senhora múltipla essa mulher puta esta meretriz sentada na poltrona de espaldar alto não passará de hoje não passará ainda mais tensa que navegava no vasto ventre verde escuro do mar ainda não penetrara inteiramente no vicejoso bosque da noite sem esquecer os gemidos cujas chagas precisam de sal de propósito acendera o abajur sobre a mesa que seguia em V desde a clavícula até o umbigo vigiava as próprias dores para se atormentar ainda não apontando muitas o revólver para este que dorme Leonardo o marido esse guerreiro dormindo este cavaleiro múltipla e várias que vestia um longo robe verde que chegava aos pés a puta de roupa vermelha cabelos negros escorrendo nos ombros ouvindo ainda não o tenor negro do sax tocando a sombra do seu sorriso Maria Alice márias várias Alice marias as pernas cruzadas rosa vermelha na orelha o seio moreno maçã pêra duro bico arroxeado oferecendo-se com leveza ao decote sapato vermelho batom vermelho? —

O revólver não mais no colo, o revólver agasalhado e protegido, o revólver na mão, desperta, Alice desperta, e lembra, sentada na poltrona, desperta e lembra, o longo robe verde escorrendo no corpo, de seda o robe e macio o corpo, o seio de bico roxo saindo da roupa, o seio. O marido dorme e não dorme, ela acredita. O marido pode vê-la, também ele dormindo e lembrando, a noite inteira aquela mulher, mesmo não parecendo a esposa, sendo Alice agoniada, o sangue esvaindo-se no interior das veias, no segredo do corpo, na liberdade da carne. Lembrando aquele momento, na tarde do domingo sisudo, as trepadeiras escorrendo nos bancos, nas pilastras, secas e verdes as folhas, ele dizendo abra os olhos, e ela perguntando estou bem assim, pareço uma borboleta, Alice sentia tanta felicidade cheia de ódio, de um rancor que parava no peito, crescendo os músculos, oprimindo o coração, o sangue da felicidade e do ódio, da alegria e do rancor, latejando. Imóvel, sustenta a recordação, acrescenta a vontade de dançar uma valsa, dê uma volta, ele pedia, mais uma volta, ele pedindo, outra volta, pediria se ela não parasse cansada no banco de madeira, soluçando para a alma, soluçando de riso e de choro, soluçando. Pára a lembrança antiga e traz a mais nova, recente, deixa Leonardo com a tesourinha mão, plantado no meio do alpendre. Agora ele chega saindo no banheiro, aquele idiota homem nu, servindo-se do uísque e do gelo, estúpido que bebe todas as noites antes de dormir, exibição de pernas, braços e músculos. Saiu do banheiro, tão próxima a lembrança, no meio da noite, na preparação ritual para o sono, e enquanto enxugava os cabelos — estranhava, ainda que acostumada àquela cerimônia todas as noites, estranhava — o marido invariavelmente tomava banho e exibia a nudez: passando desodorante e perfumando-se, a toalha branca enrolada na cintura, o peito descoberto, à semelhança de quem se prepara para a luta de amor — luta sangrenta, combate desesperado, batalha ensandecida. Beija-o com leveza, beijando-a com ternura, beijavam-se com paixão. Nos pelos, nas coxas, nas virilhas. A face torturada, o revólver agasalhado e protegido, e os olhos acesos, o revólver na mão. Ela pensa.

Vive o beijo. Alice beija. Alice vive.

Esta Alice rindo senhora Maria essa velha Alice? — esta bela

Alice puta Maria Alice esta donzela putíssima Maria vária essa Alice senhora múltipla esta senhora essa Alice meretriz tensa sentada tranqüila as pernas cruzadas rosa vermelha na orelha o seio moreno maçã pêra na poltrona de espaldar alto confortável tranqüila apontando o revólver para este Leonardo que dorme esse guerreiro dormindo este cavaleiro — esta velha Alice rindo Maria senhora Alice sorrindo Maria? — essa múltipla Maria vária esta puta Alice essa putíssima Maria esta Alice bela donzela essa senhora esta meretriz Alice tensa sentada tranqüila as pernas cruzadas terna rosa vermelha na orelha vestido vermelho vestia um longo robe verde o seio moreno maçã pêra na poltrona de espaldar alto tão reles tão ingênua tão leviana tão tranqüila apontando o revólver para este marido esse guerreiro esse cavaleiro que dorme dormindo desajeitado protegido pelo mosquiteiro não passará de hoje não passará — essa Alice rindo Maria velha senhora Alice sorrindo Maria gargalhando Alice? — essa vária Alice esta putíssima Maria essa bela Alice esta meretriz Maria vária essa puta Alice esta senhora Maria essa donzela Alice tensa sentada tranqüila as pernas cruzadas terna rosa vermelha na orelha vestido vermelho vestia um longo robe verde o seio moreno maçã pêra na poltrona de espaldar alto tão reles tão ingênua tão leviana tão tranqüila depravada apontando o revólver para este cavaleiro dormindo esse marido este guerreiro que dorme que desajeita que desprotege protegido pelo mosquiteiro não passará de hoje não passará muitas num só corpo que é difícil carregar — esta reles Maria Alice rindo aflita Maria sorrindo ingênua Alice ruidosa velha sertaneja Maria Alice gargalhando? — esta vária meretriz Alice bela essa puta Maria tensa esta putíssima Maria Alice donzela essa senhora terna sentada tranqüila velha muito velha sertaneja velha corcunda vestido preto desbotado as pernas cruzadas mostrando a curva dos joelhos terna rosa vermelha na orelha vestido vermelho vestia um longo robe verde o seio moreno maçã pêra na poltrona de espaldar alto tão reles tão ingênua tão leviana tão tranqüila tão ruidosa depravava deprava apontando o revólver para esse guerreiro desprotegido este marido Leonardo que dorme desajeitado esse guerreiro dormindo cajado na mão protegido pelo mosquiteiro não passará de hoje azul ou cinza não passará muitas num só corpo difícil de carregar espiando a fera que se ergue nos olhos — essa ingênua Alice velha corcunda tão bela rindo Maria tão leviana sorrindo Alice tão ruidosa gargalhando Maria? — essa ingênua leviana ruidosa Alice velha puta Maria sertaneja donzela Alice corcunda putíssima Maria Alice velha muito velha meretriz Maria senhora Alice as pernas cruzadas mostrando a curva dos joelhos terna rosa vermelha azul ou cinza na orelha vestido vermelho azul vestia um longo robe verde cinza o seio tão deprava tão depravada tão depravava moreno maçã pêra apontando o revólver para esse marido cajado na mão que dorme Leonardo sandálias de couro este guerreiro a face crestada esse cavaleiro esta velha vária protegido pelo mosquiteiro não passará de hoje não passará muitas num só corpo difícil de carregar espiando a fera que se ergue ouvindo o negro americano tocando sax-tenor na sombra do seu sorriso — esta Alice essa velha ingênua esta Maria essa velha sertaneja rindo Maria Alice esta velha corcunda leviana Alice essa sertaneja velha sorrindo Maria esta bela corcunda Alice essa ruidosa sertaneja corcunda Maria esta velha sertaneja corcunda gargalhando Alice? — esta aflita Maria aflita e bela Alice bela e ingênua Maria puta e donzela Alice velha e leviana Maria meretriz e senhora Maria corcunda e tensa Alice ruidosa e putíssima Maria o seio moreno maçã pêra arriando no decote em V desde a clavícula até o umbigo tensa sentada tranqüila as pernas cruzadas ternas mostrando ainda mais a curva dos joelhos rosa vermelha azul ou cinza ou branco ou amarelo na orelha vestido vermelho vestia um longo robe verde cinza sapato vermelho batom vermelho ainda não penetrara inteiramente no negro bosque vicejoso da noite tão deprava bela tão depravada leviana tão depravava aflita apontando o revólver ainda mais sem esquecer os gemidos vigiava as próprias dores para se atormentar para este marido sertanejo Leonardo que dorme esse guerreiro corcunda este guerreiro ruidoso cajado na mão sandálias de couro protegido pelo mosquiteiro face crestada não passará de hoje não passará muitas num só corpo velha e puta e donzela e leviana a bela Maria Alice espiando a fera que se ergue ouvindo o americano tocando na sombra do seu sorriso o sax negro de propósito acendera o abajur sobre a mesa Alice bela Maria linda —

Pára a lembrança nova e traz a lembrança antiga, as duas se confundem, a lembrança e o sono, a vigília dominando os olhos, não os cílios, não tem cílios, não são cílios, não os tem, foram arrancados na tarde sisuda do domingo — vê o sonho, vê o sonho e a lembrança, vê o sono. Não deseja esquecer, agora que pensa estar acordada, o revólver não mais no colo, o revólver agasalhado e protegido, o revólver na mão, desperta e lembra. Entre o lustre apagado, o abajur aceso e as sombras densas que se movem com lentidão no quarto, Alice pensa na vontade de possuir o corpo vivo de Leonardo, olha e vê: o marido dorme vestido na bermuda do pijama, sem camisa, nem gordo nem magro, sempre dormia assim, de lado, o braço esquerdo debaixo do travesseiro, brinca dizendo para dormir não sei onde coloco os joelhos, as pessoas devem tirar os joelhos para dormir, tocam um no outro, osso puro. Deixa Leonardo dormindo, parado, quieto. Sonha e não sossega com este homem, esta porcaria — Leonardo vive; esta loucura, Leonardo fode; esta bosta, Leonardo fede; esta maravilha, Leonardo morre —; este impreciso enigma para ser desvendado, caminhando para ela, irritante o riso, o sorriso despedaçado, insultuosa a gargalhada, e ela ali aos pés do homem, aos pés do desejo, aos pés do amor: os seios latejando, as coxas quentes, os ombros tensos, ouvindo: uma mulher que se despe é pura encantação. É possível que veja a mulher se dissolvendo nas ramagens, por trás do mosquiteiro, e ela forçando-o a sair do sono para a lembrança do clamor do sexo, dança de pernas e braços, gemidos de agonia e gozo, antes do sono, todos os dias antes do sono, o som alto, o barulho do vento nas copas das árvores, e ele tentando beijar-lhe a rosa lúbrica, suado, banhado, lambuzado e torturado, as gotas de suor salpicando os pêlos, enfurnando-se entre ele, escorrendo, reunindo-se nos lábios, nos frescos e saudáveis lábios, róseos e inflamados, abrindo-se e fechando-se, cheios de rubor como se desejassem e tivessem vergonha, saboroso e cheiroso e gostoso. E o colo brando, terno, carinhoso, agasalha a esperança da morte, a decisiva esperança da morte, que se encrespa na seda e na pele. Deita a cabeça.

5

DEITA a cabeça, entre a decisão e a coragem, observa-o na cama larga de lençóis alvos, travesseiros altos, envolto pelas ramagens do mosquiteiro — hábito velho, vício insistente, a infância embaixo da proteção — e a cabeça de Alice pende, a boca abre, o ombro arreia, tremeluzem os olhos: ela sonha abismada e não sossega tranqüila, a alma desconfiada: a vítima se oferece inteira, tão completamente inteira, tão frágil e de tal forma desprotegida, que se arrepia, Alice arreia e se arrepia, os olhos desnudos, a agonia presa na garganta, o sangue esvaindo-se no interior das veias, do peito, do ventre, o choro nos lábios, o soluço perdendo-se na noite. Cansa, agora cansa, inquieta e impotente, cansa distraída, os olhos no lustre cercado de fios, brinca na leveza da alma, hipnotizada, tentando encontrar as lâmpadas apagadas, maravilhada, a luxúria das luzes, da iluminação farta, da farta luxúria das luzes, da iluminação farta da luxúria, Alice inventa o sax do negro que toca a sombra do seu sorriso, certa de que entre o lustre apagado, o abajur aceso e as sombras densas, o som afastará o sono, possibilitando a criação e a construção, a leve criação e a lenta construção da morte que se agita no peito, o coração — estandarte da batalha — tremulando de alegria, vigiando as próprias dores para não esquecer o crime. Três vezes preparada para o crime, três vezes: o sorriso na sombra do sax tocando à noite entre a decisão e a coragem, ocupando o espaço entre a poltrona e a cama, todo o espaço, reverberando nos móveis e no altar, espaço que será substituído e unido pela linha reta que a bala percorrerá desde o revólver até o corpo da vítima presa embaixo do mosquiteiro, sem sinuosidades nem curvas, em linha reta permanente, uma linha só, da vida para a morte, a bala em linha reta unindo a morte e a vida. Segurando o revólver na mira certeira do coração do homem, sente os olhos ardendo, a falta de cílios, gostaria tanto que Leonardo acordasse reclamando, pela antipatia de dizer alguma coisa, de falar alguma coisa, de reclamar alguma coisa — esse tipo, essa besta, esse nojo. Ela sabe, Alice na sonolência da ansiedade, na espera do assassinato, na luta pelo domínio do sono, Alice sabe, para dominar a ansiedade, para dominar a espera, para dominar o sono, esta mulher sabe que na sonolência da ansiedade deve acarinhar a arma, que na espera do assassinato precisa alimentar o revólver, que na luta pelo domínio do sono deve amar a morte, uma mulher sabe que o marido dorme na espera do assassinato, na necessidade de acarinhar a arma, na luta para dominar o sono. Eufórica, não deseja esquecer, agora que pensa estar acordada, nunca esquecerá o domingo, é impossível, a tarde do domingo, não esquece, em que Leonardo chamou-a vem cá, ele vive, curioso imaginar que ele é, que ele foi, que ele não será, o homem chamou-a vem cá, menininha, vem cá. O mundo se contorcendo, aquela maravilha de beleza e aquela maravilha de dor, ela sentada, dormindo, pensando.

Ela não. Maria não Alice sim. Vigília e sono.

Alice sim bela não Maria sim leviana não aflita — não? — Alice não bela sim Maria não leviana sim aflita não compõe sim soluços — sim? — Alice sim bela não Maria sim leviana não aflita sim compõe não soluços — não? — Alice sim leviana não Maria sim aflita não compõe sim soluços não sentada sim tranqüila não apontando sim o revólver não para o marido sim este guerreiro não que dorme sim este marido não esse cavaleiro sim dormindo não — não? — Maria não aflita sim bela não Maria sim leviana não compõe sim soluços não sentada sim tranqüila não na cadeira sim de espaldar não alto sim confortável não apontando sim o revólver não tensa sim para o guerreiro não o marido que dorme sim este marido não dormindo — sim? —

Espera, olhos abertos, apenas espera. A rigidez do corpo na expectativa. Teme se mexer, não quer provocar ruídos, as pernas cruzadas. Experimenta o alvo a ser atingido: entre a segunda e a terceira costela, a bala acesa cortando a carne, a bala acesa perfurando os músculos, a bala acesa rompendo os nervos, entre a segunda e a terceira costela, a rigidez do corpo na expectativa, vazio e solidão, teme se mexer, tempo e agonia, não quer provocar ruídos, busca e ansiedade, entre a segunda e a terceira costela, experimenta o alvo, a mão imóvel, a ser atingido pela bala, a arma parada, que corta a carne, os músculos e os nervos, as pernas cruzadas. Espera. Leonardo muda de posição, o rosto virado para o alto, o braço resvala no lençol, se encaixa embaixo da cabeça, pernas relaxadas. Olhos abertos. Desconfia: Leonardo está olhando-a — lívido —, os cílios negros cerrados sobre os olhos — paralisado —, o peito subindo e descendo na incrível delícia do sono — solitário —, a madrugada surpreende-o sozinho no mundo. Apenas espera. Lívido ele espera com os cílios negros cerrados sobre os olhos que ela prepare o gesto suspeito, e ela com os olhos abertos planeja o tiro esfregando a mão esquerda no seio desnudo, e ele paralisado respira tenso feito a vítima que se oferece inteira, e ela apenas espera o momento adequado para atirar, e ele mergulhado no sono de quem conhece lentidão das horas. A rigidez do corpo faz Alice pensar, os olhos abertos, não pode cometer erro, precisa mirar o coração, entre a segunda e a terceira costela, espera lívida, não deve ferir a coluna, experimenta o alvo a ser atingido, aguarda paralisada, Leonardo muda de posição, teme se mexer, abriga solitária, não entre a segunda e a terceira costela, não pode provocar ruídos, o rosto virado para o alto, o peito subindo e descendo, assim fica mais fácil, a bala corta a carne e corta os músculos e corta os nervos, espera com as pernas cruzadas. A mão imóvel e a arma parada, pensando assim não preciso fazer mira nas costas, contando costela, perfurando o pulmão, não corro risco de atingir a coluna, o imprestável ferido carregado pelas ruas, no bagageiro de bicicleta ou num carro de mão, lívido, parado e solitário. Deita a cabeça, observa-o na cama larga de lençóis alvos, travesseiros altos, envolto pelas ramagens do mosquiteiro — não larga o hábito, não quer repelentes, não acredita no ar-condicionado —, a madrugada surpreende-o sozinho no mundo, vítima que se oferece inteira, na incrível delícia do sono, lívido, parado e solitário, desconfia: Alice arreia e se arrepia, a cabeça pende e a boca abre, na iluminação farta da luxúria, tão frágil e de tal forma desprotegida, que se arrepia. Lívido, sonha e não sossega, olha e vê: o lustre apagado, a abajur aceso, a poltrona na penumbra, as marcas do sono se adensando no rosto, nas têmporas, no queixo. Parado, espera o tiro de mágoa, o tiro de paixão, o tiro de agonia, um apenas sorriso tímido nos lábios. Tremeluzem os olhos. Solitário, lívido, parado: e distante.

Vigília sim. Maria conduzindo Alice. Sono sim.

Alice sim bela sim Maria sim leviana sim aflita — sim? — Alice bela e leviana Maria e aflita Maria Alice compõe soluços rindo — sim? — Maria bela e Alice leviana e aflita e reles Maria compõe soluços sorrindo sentada na poltrona de espaldar alto confortável — sim? — Alice bela e leviana e Maria aflita e ruidosa Alice Maria aflita compõe soluços gargalhando sentada tensa na poltrona de espaldar alto confortável apontando o revólver para o marido que traz presentes para casa — sim? — Alice Maria leviana e bela Alice ingênua e aflita Maria reles e ruidosa compõe soluços gargalhando vária sentada tensa múltipla na poltrona de espaldar alto confortável apontando o revólver para o marido que traz chocolates e bombons presentes para casa — sim? —

Alice desperta, e lembra, sentada na poltrona, desperta e lembra, o longo robe verde escorrendo no corpo, de seda o robe e macio o corpo, tão bela e tão ingênua, o seio de bico roxo e duro oferecendo-se ao decote, o seio moreno macio maçã pêra, o mistério da mulher sentada, no meio da noite, expondo as carnes, bela. O permanente e solitário e lívido e parado e distante sorriso nos lábios. Alice bela, Alice linda, Alice ingênua: pensa no desejo de possuir o corpo vivo de Leonardo, a agonia presa na garganta, o sangue esvaindo-se no interior das veias — do peito, do ventre, das coxas —, o choro nos lábios, o soluço perdendo-se na noite, beija-o com leveza, beijando-se com ternura, beijavam-se com paixão. Nos pelos, nas coxas, na virilha. Ele estava sorrindo, o belo sorriso de antipatia, o lindo sorriso de ironia, o magnífico sorriso de sombra e ela teme se mexer, não quer provocar ruídos, se esforça para manter o sonho, experimenta o alvo a ser atingido, o desejo, a vítima que se oferece inteira, e a vontade de atirar, de molhar as mãos de sangue do amado, do para sempre amado, do eternamente amado, os olhos abertos, não pode cometer erro, precisa mirar o coração, entre a segunda e a terceira costela. Saiu do banheiro, e enquanto enxugava os cabelos viu: Alice agoniada, o sangue esvaindo-se no interior das veias, no segredo do corpo, na liberdade da carne, nas pernas cruzadas ressaltando a curva dos joelhos, a mão imóvel e a arma parada, passado o clamor do sexo, dança de pernas e braços, gemidos de agonia e gozo, entre a segunda e a terceira costela, a bala acesa cortando a carne, a bala acesa perfurando os músculos, a bala acesa rompendo os nervos. Lívido, parado e solitário, distante, imprestável ferido na coluna carregado pelas ruas, no bagageiro de bicicleta ou num carro de mão, lívido e parado, solitário e distante. Entre a segunda e terceira costela fica o coração, bem ali, pulsando forte e definitivo, pulsando no jeito do coração, pulsando no jeito do sangue, pulsando no jeito da morte, ela quer tirar a roupa, observa-o: entre as ramagens do mosquiteiro, acredita que o marido quer ser assassinado, entre as ramagens do sono, pensa que ela deve ser a criminosa, entre as ramagens da vigília, imagina que ele quer se suicidar e não tem coragem, jura cruzado nos dedos que desde que a viu, desde que a conheceu, deve ter pensado, é imperioso que mate. Pulsando no jeito do coração, o desejo de possuir o corpo assassinado de Leonardo, pulsando no jeito do sangue, o sangue esvaindo-se nas veias, pulsando no jeito do da morte, o clamor do sexo na dança de pernas e braços, Alice espera, os olhos abertos, Alice apenas espera, luta sangrenta, combate desesperado, batalha ensandecida. A rigidez do corpo na expectativa, vazio e solidão, teme se mexer, tempo e agonia, não quer provocar ruídos, busca e ansiedade, a madrugada surpreende-o sozinho no mundo, vítima na incrível delícia do sono, solitário, lívido e parado, a face torturada. A mão imóvel, a arma parada.

Alice não. O olho na espera, sim. Maria não.

Alice não bela não Maria não leviana não aflita — não? — Alice ingênua e aflita Maria reles e ruidosa Alice bela e leviana compõe soluços vária sentada tensa múltipla na poltrona de espaldar alto confortável apontando o revólver para o marido que traz chocolate e bombons, bolos e alfinins presentes para casa — não? — Maria ruidosa e leviana Alice reles e ingênua Maria Alice aflita e bela compõe soluços vária para o negro tocando sax sentada tensa na cadeira múltipla de espaldar alto apontando tranqüila confortável o revólver para o marido que traz chocolates e bombons, bolos e alfinins, confeitos e chicletes, para casa — não? — Alice não bela não Maria não leviana não aflita não reles não ruidosa — não? —

A criação e a construção, a leve criação e a lenta construção da morte que se agita no sangue, no peito, no coração, e ele sorrindo, o belo sorriso de antipatia, o lindo sorriso de ironia, o magnífico sorriso de zombaria, ele sorrindo, ela vê, percebe: sonha e não sossega em atingir o coração sem ofender as carnes, os músculos, os nervos, um tiro na raiz do coração sem machucar o peito, um tiro de mágoa, a bala acesa que corta a carne, um tiro de paixão, a bala acesa que perfura os músculos, um tiro de agonia, a bala acesa que rompe os nervos. Nas franjas do sono Leonardo se distancia, espera, a carne festeja, a pele treme, não dorme, ele não dorme, ela pensa, os olhos abertos, ele não dorme, morto, ela pensa, apenas espera o uivo, poderia uivar, uivaria na mata escura, triste e vazia, a boca escancarada, animal peludo que mia nos telhados, mansa e quieta, amarga o soluço que vem escorrendo do peito, pela garganta, sacode a boca, irrompe nos lábios, decepcionada. Sentada na poltrona de espaldar alto confortável, o revólver deitado no colo, agasalhado e protegido, ela ainda tem na lembrança a tarde lerda do domingo, tarde preguiçosa, cinzenta, esquecida, nebulosa, semelhante ao tempo que nem sequer havia Deus, havia a criação e a construção, a leve criação e a lenta construção do crime, unidos pela linha reta que a bala percorrerá desde o revólver até o corpo da vítima, namorando na maravilha de alisar coxas e seios, ventre e braços, pura delícia do mundo, só abra os olhos quando eu mandar, ele dizendo, entre a decisão e a coragem, envolto pelas ramagens do mosquiteiro, inquieta e impotente, distraída. Lívido, solitário, parado, distante. Três vezes preparada para o crime, três vezes: na sonolência da ansiedade, na espera do assassinato, na luta pelo domínio do sono, três vezes preparada para o crime, três vezes: na bala acesa cortando a carne, na bala acesa perfurando os músculos, na bala acesa rompendo os nervos, três vezes preparada para o crime, três vezes: nos olhos abertos que conhece a lentidão das horas, na espera lívida que não pode cometer erro, na paralisia aguardada que sonha e não sossega. Pensando e não dormindo, a lembrança dentro do sono, mais vigília do que sono, mais lembrança do que sonho, mais sonho do que sono, Alice inventa o sax do negro que toca a sombra do seu sorriso, certa de que entre o lustre apagado, deita a cabeça, o abajur aceso, a decisão e a coragem, e as sombras densas, é muita sorte que Leonardo viva, tão homem e tão marido, na névoa da lembrança e da vigília, para poder matá-lo, abrindo as franjas do mosquiteiro e aproximando o revólver, no abismo do silêncio e das sombras, sem machucá-lo, necessitava matá-lo sem ofender o corpo, vulto que vence a noite — vence a noite e vence a dor. O mundo se contorcendo, aquela maravilha de beleza e aquela maravilha de dor, ela sentada, dormindo, pensando, olhos abertos apenas espera. A rigidez do corpo na expectativa. Teme se mexer, não quer provocar ruídos, as pernas cruzadas.

NA PONTE FLUTUANTE DO CÉU,
O ESCORPIÃO

6

E DISTANTE o apenas sorriso tímido nos lábios, olha e vê, observa: os joelhos desnudos, joelhos lisos, joelhos leves, início ou fim da coxa que se mostra, que se apresenta delicada, redonda e torneada, linda, a mulher se dissolvendo nas ramagens, por trás do mosquiteiro. Noites inteiras ela ali, segurando o revólver, o peito de bico duro e roxo caindo do decote em V desde a clavícula até o umbigo, manso maçã pêra, o seio se oferecendo ao beijo, à boca, à língua molhada, Alice arreia e se arrepia, a vítima se apresenta inteira, tão frágil e de tal forma desprotegida, que se arrepia. A cabeça pende, a boca abre, o ombro arreia, tremeluzem os olhos. Quer, ela quer, deseja se levantar: um vulto que vence a noite, vence a noite e vence a dor, sonha e não sossega, o robe verde aberto, o nó do cinto desfeito, as mãos na cintura, tão completamente inteira e nua, tão frágil e de tal forma desprotegida e nua, se apresenta terna e nua, o ventre suave, os pêlos criando a rosa, a rosa lúbrica macia, terna, delicada. Observa-a da cama larga de lençóis alvos. E distante o apenas sorriso tímido. O sono se anuncia.

As quatro cores são sete = ou = cinco: o arco-íris no céu.

...uma mulher sentada num arco-íris de quatro cores... preto... uma mulher sentada num arco-íris de quatro cores tão completamente inteira e nua... vermelho... uma mulher sentada num arco-íris de quatro cores tão completamente inteira e nua, o ventre suave... amarelo... uma bela mulher sentada num arco-íris de quatro cores tão completamente nua, inteira e nua, o ventre suave... verde... uma bela mulher, reles, sentada num arco-íris de quatro cores tão completamente nua, inteira e nua, o ventre suave, os pêlos criando a rosa, a rosa lúbrica macia, terna, delicada... um arco-íris de quatro cores... tão completamente inteira e nua... inteira e nua... o ventre suave, os pêlos criando a rosa lúbrica... ela preta... uma bela mulher, reles, terna, sentada, leviana, na poltrona, arco-íris de espaldar alto, apontando o revólver para o marido que dorme numa cama de quatro cores... os pêlos criando a rosa... tão completamente inteira, tão nua... ele vermelho... uma bela mulher, reles, terna, sentada, leviana, tranqüila na poltrona aflita, arco-íris de espaldar alto, confortável, tão completamente inteira e nua, o ventre suave, apontando o revólver para o marido que dorme numa cama de quatro cores, os pêlos criando a rosa... ela amarela... uma bela mulher reles terna, sentada leviana tranqüila na poltrona aflita, arco-íris, de espaldar alto, tensa, confortável e ingênua, tão completamente inteira e nua, o ventre suave, apontando o revólver de quatro cores para o marido que dorme numa cama, os pêlos criando a rosa, a rosa lúbrica, macia, terna, delicada... ele verde... uma bela mulher reles, terna, sentada, leviana, tranqüila na poltrona aflita, arco-íris, de espaldar alto, tensa, confortável e ingênua, tão completamente inteira e nua, ruidosa, o ventre suave, delicada, apontando o revólver de quatro cores para o marido que dorme numa cama sob as ramagens do mosquiteiro... os pêlos criando a rosa, a rosa lúbrica, macia, terna, vendo... a rosa lúbrica e escura... uma bela mulher, reles, terna... um arco-íris... macia... sentada, leviana, tranqüila, na poltrona aflita, de espaldar alto, tensa, confortável e ingênua, tão completamente inteira e nua, ruidosa... ventre delicado... leve... apontando o revólver pesado de quatro cores, na mão direita sobre a esquerda espalmada na coxa... macia... para o marido desprotegido que dorme na cama alva sob as ramagens do mosquiteiro... os pêlos criando a rosa, a rosa lúbrica, macia, terna, olhando... a rosa lúbrica, escura, lúcida... uma bela mulher reles, negra... esquisita... terna... os seios de arco-íris... sentada, leviana, tranqüila...na poltrona aflita de espaldar alto... confortável, ingênua, tensa... tão completamente inteira e inteiramente nua... ruidosa... ventre delicado... leve... macio... apontando o revólver de quatro cores para o marido que dorme, deitado, deveras... na cama sob as ramagens do mosquiteiro de costas nuas para ela... os pêlos criando a rosa, a rosa lúbrica, macia, terna, observando... a rosa lúbrica, lúcida, lúdica, escura... uma bela mulher negra... reles e lúbrica... sentada, tensa, tranqüila, leviana... na poltrona aflita de espaldar alto, confortável e ingênua... tensa... tão completamente inteira e nua... tão completamente nua... ruidosa... ventre branco, delicado, leve... macio... apontando o revólver de quatro cores do arco-íris para o marido dormindo, o marido que dorme... dormindo deitado... deveras... desprotegido... na cama sob as ramagens do mosquiteiro de costas nuas para ela os pêlos escuros criando a rosa de quatro cores... preto, rosa... vermelho, pêlos... amarelo, coxas... verde, pernas... a rosa lúbrica, macia, terna, percebendo... a rosa lúbrica escura, a rosa lúcida escura, a rosa lúdica escura... uma mulher... lúcida... lúcida e negra... uma bela mulher, reles, branca... sentada e tensa e tranqüila e leviana... na poltrona aflita de espaldar alto... tensa e confortável e ingênua... tão inteiramente e nua... completa e nua... ruidosa... ventre delicado... e delicado, o ventre leve... e leve, o ventre delicado... e macio, o ventre leve... macio e terno, apontando o revólver de quatro cores para o marido dormindo... dorme... não dorme... o marido que dorme... deitado... deveras... desprotegido... desmaiado... dormindo... devagar... o ainda marido dormindo... sob as ramagens de um mosquiteiro de costas nuas para ela criando os pêlos escuros... a rosa escura e lúbrica... a rosa lúcida e escura... a rosa lúdica e escura... a rosa de arco-íris... uma bela mulher reles, terna, sentada leviana, tranqüila, na poltrona aflita de espaldar alto confortável e ingênua, apontando tensa o arco-íris de quatro cores na rosa lúbrica para o marido que dorme... na poltrona aflita de espaldar... alto...

Sobre as ramagens do mosquiteiro e sob as nuvens dos olhos, a vigília evitando o sono, Leonardo não dorme, ele não dorme, ela pensa, ele não dorme, ele pensa, a coragem procurando a lucidez, rosa lúbrica e lúcida, encanta-se, tremeluzem os olhos molhados de lágrimas, de suor, de ânsia, tentando encontrar a lâmpada apagada, a luxúria das luzes, da iluminação farta, da farta luxúria das luzes, da iluminação farta da luxúria. Encanta-se e não dorme. Ele não dorme, vigia. Ela pensa, vigia. Vigiam-se. Encantam-se e não dormem — não desejam o sono, a vigília evitando o sono, não o querem, a coragem procurando a lucidez, não o pretendem. Abre os braços, afasta-se de Leonardo, abre os braços, e vê o teto branco, o teto alvo, o teto claro e volta, volta para a cama, volta para o mosquiteiro, volta para Leonardo, e ajoelha-se, as mãos na cama, o revólver seguro, os seios apontando para a angústia de possuí-lo, aproxima os lábios, ele não se mexe. Sentada, tomada de tristeza e mágoa, sentada procurando os ombros do homem, sentada: ele tenta compreendê-la, mas não pode nem deve mover as mãos.

Os seios de arco-íris, a rosa lúbrica no céu. No céu, no céu, no céu.

...tão lúcida bela a mulher rindo, sentada aflita na cama de espaldar alto com o arco-íris de quatro cores nos seios, leviana, apontando o revólver para o marido que dorme não dorme, vigiando sobre as ramagens vermelhas do mosquiteiro... o arco-íris preto... tão lúcida e lúbrica e bela a mulher rindo, sentada aflita na cama de espaldar ato com o arco-íris de quatro cores nos seios, leviana, apontando reles o revólver para o marido que dorme não dorme deitado, ruidosa, vigiando sobre as ramagens vermelhas do mosquiteiro e ouvindo o negro tocando o povo do arco-íris no saxofone tenor... o arco-íris vermelho... tão lúcida e lúbrica e lúdica e bela a mulher rindo, sentada aflita, tranqüila, na cama de espaldar alto com o arco-íris de quatro cores nos seios, leviana, apontando o revólver para o marido que dorme não dorme, deitado, ruidosa, vigiando sobre as ramagens vermelhas do mosquiteiro e ouvindo o negro tocando o povo do arco-íris no sax americano... o arco-íris amarelo... tão lúcida e tão lúbrica e tão lúdica e tão bela a mulher rindo, tão reles, tensa, sentada, aflita, tranqüila, na poltrona de espaldar alto com o arco-íris de quatro cores nos seios, leviana, apontando o revólver para o marido que dorme não dorme, deitado, desprotegido, ruidosa, vigiando sobre as ramagens vermelhas do mosquiteiro, ouvindo o povo do arco-íris tocado pelo negro americano no saxofone... o arco-íris verde... tão completamente lúcida... tão completamente lúbrica... tão completamente lúdica... tão completamente bela... a mulher rindo... tão completamente... sentada, tranqüila, aflita, terna, na poltrona de espaldar alto, confortável, ingênua... com o arco-íris de quatro cores nos seios, o ventre suave criando a rosa de pêlos lúbrica, inteira e nua... apontando o revólver para o marido que dorme não dorme, deitado, desprotegido, deveras... tão ruidosa... vigiando sobre as ramagens vermelhas do mosquiteiro... ouvindo o povo do arco-íris no sax-tenor do negro americano... ou dg... ou jh... ou cp... o arco-íris preto e vermelho... tão inteira e completamente lúcida e nua... tão inteira e completamente lúbrica e nua... tão inteira e completamente lúdica e nua... tão inteira e completamente bela mulher rindo... tão inteira e completamente reles... rindo e sorrindo... sentada, aflita, tranqüila, terna... na poltrona de espaldar alto... confortável e ingênua... com o arco-íris de quatro cores nos seios... leviana... o ventre suave criando a rosa de pêlos lúbrica e lúdica... inteira e nua... apontando o revólver para o marido que dorme não dorme, deitado, desprotegido, deveras, desmaiado... ruidosa... vigiando as próprias dores, sobre as ramagens vermelhas do mosquiteiro... ouvindo o sax do negro americano tocando o povo do arco-íris... ou dg... ou jh... ou cp, o quarto impregnado pela música, não passará de hoje, ela quer, ela vai atirar... o arco-íris preto, vermelho e amarelo... tão inteiramente e completa lúcida... tão inteiramente e completa lúbrica... tão inteiramente e completa lúdica... tão inteiramente e completa bela... a mulher reles, rindo, sorrindo, gargalhando... sentada... tranqüila... aflita... terna... na poltrona vermelha de espaldar alto... confortável, ingênua... com o arco-íris de quatro cores nos seios... leviana...o ventre suave... delicado... criando a rosa de pêlos lúbrica e lúdica e lúcida... e bela... inteiramente e completamente nua... apontando o revólver vermelho para o marido que dorme não dorme... deitado, desprotegido... deveras, desmaiado... vigiando as próprias dores no tempo em que houve felicidade, sobre as ramagens vermelhas do mosquiteiro... ouvindo o negro dg tocando saxofone em o povo do arco-íris... ou cp... ou jh... o quarto impregnado pela música, não passará de hoje, ela quer, ela vai atirar, não passará... o arco-íris preto, vermelho, amarelo e verde... tão completamente preta e inteiramente nua... tão completamente vermelha e inteiramente nua... tão completamente amarela e inteiramente nua... tão completamente verde e inteiramente nua... tão completamente bela e inteiramente reles... o arco-íris preto... e vermelho... e amarelo... e verde... a lúcida e bela mulher rindo, sorrindo, gargalhando, sentada... tranqüila... aflita... tensa... na poltrona vermelha de espaldar alto... confortável... com o arco-íris de quatro cores nos seios... o ventre suave, delicado, criando a rosa de pêlos vermelhos lúbrica... de pêlos vermelhos lúcida... de pêlos vermelhos lúdica... inteira e completa nua... apontando o revólver vermelho para o marido que dorme não dorme... deitado... desprotegido... deveras... desmaiado...

Continua deitado de costas, os olhos sobre as ramagens do mosquiteiro e sob as nuvens de cílios, procurando o lustre apagado, o abajur aceso, brinca na leveza da alma, vê o teto branco, cortado pelo mosquiteiro e pêlos fios que sustentam a lâmpada, sinuosos, às vezes, puxados e densos, às vezes, encaracolados, às vezes, sustentando vivo o lustre apagado, engenhosamente trabalhado, com vários pontos de luz. Os braços em cruz tenta evitar o sono, cabeceia, procura a os lençóis amarrotados, o ronco se arrastando na garganta, encrespando as mãos no travesseiro, saindo para a vida. Alice arriada na poltrona de espaldar alto, confortável, mostra os joelhos lisos e leves, o seio caindo do decote, pequeno, o robe verde aberto nas pernas, a calcinha distante, tomada de tristeza e mágoa, mansa e quieta, amarga o soluço que vem escorrendo do peito, pela garganta, sacode a boca, irrompe nos lábios, Alice compõe soluços. Animal peludo que mia nos telhados, o ventre suave, os pêlos criando a rosa, a rosa de pêlos lúbricos, tensa, delicada, olha e vê, ela também: Leonardo deitado, os braços em cruz, saindo do sono para a vida.

São sete as quatro cores — a rosa lúbrica de arco-íris

...rindo, a bela Alice sorrindo compõe soluços, ouve o negro americano tocando o povo do arco-íris na sombra do seu sorriso, sentada na poltrona de espaldar alto, confortável, apontando o revólver para o marido dormindo sob as ramagens do mosquiteiro... as quatro cores são sete... rindo, a bela Alice reles, sorrindo, lúcida, gargalhando, compõe soluços... ouve o negro americano tocando na sombra do seu sorriso do povo do arco-íris... sentada leviana na poltrona de espaldar alto, confortável e ingênua, apontando o revólver para o marido dormindo, tão deitado, sob as ramagens do mosquiteiro, sob os cílios os olhos enevoados... são sete as quatro cores... sorrindo, a bela Alice reles, gargalhando, lúcida e lúbrica, sorrindo... compõe soluços... ouve o negro, preto americano, tocando o povo do arco-íris e a sombra do seu sorriso... sentada, leviana, na poltrona aflita de espaldar alto... confortável e ingênua... apontando o revólver de quatro cores para o marido que dorme... tão deitado... tão desprotegido... sob as ramagens do mosquiteiro e sob os cílios dos olhos enevoados, sonolentos... são quatro as cores da rosa lúbrica... gargalhando, a bela Alice

reles, sorrindo, lúcida e lúbrica e lúdica... rindo compõe soluços...
ouve o negro tocando a sombra do povo do arco-íris do seu
sorriso... sentada, leviana... na poltrona aflita de espaldar alto...
confortável e ingênua... e ruidosa... apontando o revólver para a
rosa lúbrica, o ventre suave, delicado, criando os pêlos amarelos...
para o marido o revólver de quatro cores... o guerreiro que dorme...
tão deitado... tão desprotegido... tão deveras... sob as ramagens
amarelas do mosquiteiro... e sob os cílios dos olhos enevoados,
sonolentos, no tempo em que houve felicidade... são sete as cores
do arco-íris... tão rindo, a tão bela Alice tão reles... gargalhando...
lúcida, lúbrica, lúcida... sorrindo compõe soluços... ouve o
americano negro tocando o sorriso da sua sombra no arco-íris do
povo... tão sentada... tão leviana... na poltrona tão aflita de espaldar
alto... confortável, leviana, ruidosa... apontando o amarelo revólver
de quatro cores para a rosa lúbrica, o ventre suave, delicado,
criando pêlos amarelos... para o amarelo marido o revólver de
quatro cores... o cavaleiro tão marido Leonardo que dorme... tão
deitado... tão desprotegido... tão deveras... tão desmaiado... sob
as amarelas ramagens do amarelo mosquiteiro... sob os cílios de
sete cores dos olhos... enevoados, sonolentos... no tempo em que
houve felicidade... o lenço de seda roxo na mão esquerda... são
quatro as sete cores do arco-íris... rindo e gargalhando, a bela e
reles Alice tensa... sorrindo... tão lúbrica... tão lúcida... tão
lúdica... sorrindo compõe soluços amarelos... tão sentada... tão
leviana... tão tranqüila... na poltrona amarela... tão aflita... de
espaldar alto... tão confortável... tão leviana... tão ruidosa...
apontando revólver amarelo de quatro cores... para o cavaleiro tão
guerreiro... o marido Leonardo que dorme... tão deitado tão...
tão desajeitado tão... tão deveras tão... tão desmaiado... tão
desleixado tão... sob as amarelas ramagens do mosquiteiro amarelo
de sete cores... sob os cílios de quatro cores enevoados, sonolentos,
lentos... no tempo em que houve felicidade ouve o negro amarelo
americano tocando do arco-íris a sombra do seu sorriso o povo...
o lenço amarelo de seda roxo na mão esquerda espalmada... as

sete cores dos quatro arco-íris são... tão bela e reles, Alice rindo, sorrindo, gargalhando... tão tensa... tão lúbrica... tão lúcida... tão lúdica... tão terna... tão sentada na amarela poltrona... tão aflita... de espaldar alto... tão confortável e tão leviana e tão ruidosa... apontando o amarelo revólver de quatro cores... para o tão guerreiro o tão cavaleiro... o marido de quatro cores que dorme... tão amarelo dormindo, tão desajeitado tão... tão amarelo deveres, tão desmaiado amarelo tão... tão amarelo desleixado, tão descuidado tão... sob as amarelas ramagens do mosquiteiro amarelo de quatro cores... sob os cílios amarelos de quatro cores... enevoados... sonolentos... lentos... no tempo amarelo em que houve felicidade amarela ou o negro amarelo tocando o sax amarelo na sombra amarela do seu sorriso do povo amarelo do arco-íris... o lenço amarelo de seda roxa amarela na mão amarela esquerda amarela espalmada sobre a coxa... as quatro cores do sete arco-íris são quatro... tão amarela bela... Alice... tão reles amarela... tão amarela rindo... tão sorrindo amarelo... tão amarela gargalhando... tão amarela tensa... tão lúbrica amarela... tão amarela lúcida... tão lúdica amarela... tão amarela sentada na amarela poltrona... tão amarela aflita... tão espaldar amarelo alto... tão confortável amarela... tão amarela aflita... tão leviana amarela... tão amarela ruidosa... apontando o tão amarelo revólver de tão quatro cores... para o tão guerreiro amarelo... tão amarelo cavaleiro... tão mulher...

Vendo o decote caindo em V desde a clavícula até o umbigo, o seio manso maçã pêra se oferecendo às mãos, ao beijo nervoso e tenso, Alice se apresenta inteira, tão frágil e desprotegida, tão próximo o aroma da rosa lúbrica, os pêlos negros criando a rosa, um vulto que vence a noite, vence a noite e vence a dor, Leonardo não dorme, não pensa. Ele vê o teto branco e ela abre os braços, as mãos na cintura, o robe verde aberto, completamente inteira e nua, o revólver prepara-se para festejar o coração da vítima, a necessidade da morte — a absoluta necessidade da morte. Os seios também apontando para a necessidade de possuí-lo, aproxima na vigília os lábios, e no sono observa os joelhos desnudos, joelhos lisos e joelhos leves, início da coxa que mostra, que se apresenta delicada, redonda e torneada, linda, ela linda se dissolvendo nas ramagens do mosquiteiro, linda Alice segurando o revólver. Continua deitado, há um instante em que deseja se levantar, a agonia presa na garganta, o sangue esvaindo-se no interior das veias, do peito, do ventre, o choro nas mãos, deseja. Os olhos acesos, Alice linda.

7

O SOM afasta o sono, a criação e a construção do sono, a leve criação do sono e a lenta construção do sono, mas na verdade sente, sente, sente o frio da morte percorrendo o espaço entre a cama e a poltrona, na criação da morte, na construção da morte, na leve criação da morte e na lenta criação da morte, espera e agonia, Leonardo espera e se agonia, não quer provocá-la, não deseja dizer vem cá, amorzinho, vem cá, ela vem, ela sempre vem, o sorriso preso nos lábios, os olhos acesos, ela virá, Alice sempre virá, basta dizer vem cá, amorzinho, vem cá. Vem, ela vem — virá, ela virá, atravessando o leve e lento espaço entre o lustre apagado, o abajur aceso e as sombras densas que se movem com lentidão no quarto, precisa apenas chamar, dizendo a melhor maneira de matar é sem ofender o corpo. Sem ofender o corpo, Alice sabe na sonolência da ansiedade, na espera do assassinato, na luta pelo domínio do sono, Alice sabe, que pode abraçá-lo, pode acarinhá-lo, pode beijá-lo, que ele é uma criatura dos sentidos e estará sempre disposto ao clamor do sexo, danças de pernas e braços, gemidos de agonia e gozo, desprotegido, abandonado e só, o esquisito travesseiro entre os joelhos, despojado na mansidão do sono. Não só e abandonado, não só ele, não ele abandonado, também ela, Leonardo compreende, também ela se atira linda, macia e linda, sempre, para os festejos do amor transformado em luta de pernas e braços, vem cá, basta dizer. Preparada para a celebração.

A morte nos seios. O arco-íris de revólver

... vendo... Leonardo veria o corpo do êxtase espiritual, Alice dormindo, uma mulher sentada no arco-íris de sete céus, Alice desconfia, a serpente celeste, a mão amando a arma, desconfortável a certeza do marido vendo a escada de sete cores, desejando a morte, o guerreiro via, teme o ataque, teme a morte, teme o coração, estandarte em batalha tremulando, o cavaleiro vê... vendo as quatro cores... dormindo Leonardo veria o corpo do êxtase espiritual, a bela Alice que dorme, uma mulher leviana sentada no arco-íris de sete céus, Alice aflita desconfia, a mão amando a arma ruidosa, desconfortável a certeza do marido reles vendo a escada de sete cores, desejando a morte tensa, o guerreiro via a serpente celeste, teme o ataque, teme a morte, teme o coração, o estandarte em batalha tremulando, o cavaleiro vê a ponte flutuante do céu... vendo os sete céus... dormindo, Leonardo deitado veria... o corpo do êxtase espiritual, a bela Alice que dorme, a rosa lúbrica desprotegida, uma leviana mulher ingênua sentada no arco-íris de sete céus... ouvindo o negro americano tocando o povo do arco-íris... Alice aflita desconfia, a mão amando a arma ruidosa... desconfortável a certeza do marido reles, tranqüilo, vendo... a escada de sete céus, desejando a morte tensa, o guerreiro via a serpente celeste... teme o ataque, teme a morte, teme o coração... o estandarte em batalha tremulando... o cavaleiro vê a ponte flutuante do céu... vendo as quatro cores do céu... dormindo, Leonardo deitado, deveras veria... o corpo do êxtase espiritual... a bela Alice dormindo, desleixada... a rosa lúbrica e lúcida desprotegida, uma leviana mulher ingênua, terna, sentada no arco-íris de sete céus... ouvindo o povo do arco-íris no saxofone do negro tocando a sombra do seu sorriso... Alice aflita desconfia... a mão amando a arma ruidosa, desconfortável a certeza do marido reles... tranqüilo... viria a escada de sete cores... desejando a morte tensa, o guerreiro via a serpente celeste... teme o ataque, teme a morte, teme o coração... o estandarte em batalha tremulando, o cavaleiro vê a ponte flutuante do céu... o corpo do êxtase espiritual... vendo as sete cores do céu escuro... dormindo, Leonardo deitado, deveras veria devagar... o corpo do êxtase espiritual, a bela Alice dormindo e desleixada... a rosa lúbrica e lúcida e lúdica, desprotegida e deitada... uma leviana, tranqüila mulher ingênua, terna... sentada no arco-íris de sete céus... ouvindo a sombra do arco-íris tocada pelo negro americano em o sorriso... Alice aflita e louca desconfia, a mão amando a arma... ruidosa... desconfortável a certeza do marido reles e ingênuo... terno... viria a escada de sete cores, desejando a morte tensa... o guerreiro via a serpente celestial... teme o ataque... teme a morte... teme o coração... o estandarte em batalha tremulando... o cavaleiro vê a ponte flutuante do céu... o corpo do êxtase espiritual... vendo as sete cores do céu amarelo... dormindo, deitado Leonardo deveras... veria devagar... o corpo do êxtase espiritual... a bela Alice... dormindo... e desleixada... e deitada... os pêlos criando a macia e delicada rosa lúbrica... lúbrica e lúbrica... lúcida e lúcida... lúdica e lúdica... desprotegida... desleixada... e deitada... uma mulher leviana... tranqüila... mulher... ingênua... terna... sentada tranqüila no arco-íris de sete céus... ouvindo o sorrido do povo da sombra do arco-íris no tenor do americano negro... Alice aflita... Alice louca... Alice desconfia... a mão amando a arma, ruidosa, quer ferir de morte o coração de quem bebia o amargo sangue... desconfortável a certeza de que o marido... ingênuo e reles... ingênuo e terno... ingênuo e reles e terno... viria a escada de sete cores... desejando a morte tensa, o guerreiro via a serpente celestial... tranqüilo e teme... teme tranqüilo... teme... o ataque, a morte, o coração... o estandarte tremulando em batalha... o guerreiro vê a ponte flutuante no céu... o corpo do êxtase espiritual... o seio moreno maçã pêra se oferecendo com leveza ao decote... vendo as setes cores do céu verde... dormindo, deitado Leonardo, deveras, devagar... Leonardo veria... o corpo do êxtase espiritual... veria os pêlos criando a bela rosa lúbrica... a bela rosa, macia, delicada... a delicada rosa, macia, lúdica... a bela rosa lúdica, lúbrica, lúdica... desajeitada e desleixada... uma mulher deitada... uma mulher leviana... uma mulher tranqüila... uma mulher ingênua... uma mulher terna... uma mulher tranqüila... uma mulher sentada tranqüila no arco-íris de sete céus... ouvindo uma mulher, Alice ouvindo o sorriso da sua sombra no sax negro do americano tocando... Alice louca... Alice aflita... Alice desconfia... a mão amando... amando e armando... a arma... quer ferir de morte o coração de quem... bebia o amargo sangue... desconfortável a certeza de que o marido...

Com a paixão que ama a antipatia, com a ternura que ama o sorriso irônico, com o carinho que ama a voz irada, Leonardo compreende que não passará de hoje, será expulso da vida, o sangue escorrendo no peito, a fera alada rompendo o coração, Leonardo percebe com a meiguice que ama a grosseria, com o afeto que ama a mentira, com o amor que ama o amor, foi brincadeira, porém brincadeira de paixão, brincadeira de amor, brincadeira de ternura. Vem cá, vem cá, ela sempre vem, vem cá, amorzinho. Na construção da morte ele sabe que Alice abre os olhos, agora na vera, agora na verdade, agora na verdadeira face da mulher ansiando o assassinato, ansiando o crime, ansiando a morte. Todas as noites segurando o revólver, sentada, noites inteiras ela ali, as pernas cruzadas, o peito caindo da blusa, o robe verde caindo elegante no corpo, de uma sensualidade carinhosa, carinhosa e tranqüila, de uma sensualidade terna e tensa, o robe verde vence a noite, vence a dor e vence a morte — vence a solidão do espaço entre a cama e a poltrona, Alice dormindo linda, sempre linda, Alice boa de maltratar. Segurando o revólver três vezes na mira certeira do coração do homem, gostaria três vezes que Leonardo acordasse reclamando, pensando três vezes ele não diz nada, dorme, o olho procura o passado: o marido nu, saindo do banheiro, servindo-se de uísque e gelo, vulgar e asqueroso, exibicionista. Ama o vulgar, ama o asqueroso, ama se exibir. Todavia, o lustre apagado no teto. O abajur aceso, porém.

A ponte flutuante do céu. Entre os seios e a rosa lúbrica.

... vi... Leonardo, vi... quem... vi a bela Alice, o corpo de êxtase espiritual, dormindo na ponte flutuante do céu, a mão amando o seio moreno, maçã, pêra, desejando a morte, sentada no arco-íris de sete céus, a serpente celeste criando a rosa lúbrica... vi... Leonardo vi... quem vê... a bela Alice, o corpo de êxtase espiritual... dormindo e deitada na ponte flutuante do céu, a mão amando a arma e amando o seio moreno maçã pêra... desejando a morte do guerreiro... sentada no arco-íris de sete céus... a serpente celeste criando a rosa lúbrica e lúcida... vi... Leonardo, vi... quem viu... a bela Alice leviana... o corpo de êxtase espiritual, dormindo e deitada... na ponte flutuante do céu... a mão amando a arma... e amando o seio moreno, maçã, pêra... desejando a morte do cavaleiro... sentada no arco-íris de sete céus... a serpente celeste criando a rosa lúbrica, lúcida, lúdica... vi... Leonardo vi... quem viria... a bela Alice... leviana e reles... o corpo de êxtase espiritual... dormindo deitada... na ponte flutuante do céu... a mão amando tranqüila a arma... e amando, terna, o seio moreno... macio, maçã, pêra... o seio de arco-íris... desejando a morte assassinada. De Leonardo... sentada no arco-íris de sete céus... a serpente celeste criando a rosa lúbrica... lúdica, lúcida... a rosa lúbrica banhada de sete véus... vi... Leonardo, vi... quem veria... a bela Alice... a bela Alice leviana... a bela Alice ingênua... o corpo de êxtase espiritual... dormindo... deitada... deveras... na ponte flutuante do céu... a mão amando a arma celestial, e amando, terna, o seio moreno... e macio... e maçã... e pêra... desejando a morte de Leonardo guerreiro... o seio de arco-íris animando o busto... desejando a morte assassinada e mágica... sentada no povo do arco-íris de sete céus tocado pelo negro americano... a serpente celeste criando os pêlos aromáticos da rosa lúbrica, lúdica, lúcida... a rosa banhada pelo delicado véu de mel e leite... vi... Leonardo vi... quem vê, viria... a bela Alice... a bela Alice leviana... a bela Alice ingênua... a bela Alice reles... a antiga Alice... a bela... o

corpo de êxtase espiritual... dormindo... dormindo deitada...
dormindo deveras... dormindo... na ponte flutuante do céu... a
mão leve amando a arma celestial... e amando, terna, o seio
moreno... macio... maçã, pêra... desejando a morte do cavaleiro...
e do guerreiro... o seio de arco-íris de sete céus tocado pelo negro
americano a sombra do seu sorriso... a serpente celeste criando os
pêlos aromáticos... mel e leite... da rosa lúbrica... a bela rosa
lúbrica... a reles rosa lúcida... a tranqüila rosa lúdica... a rosa
banhada pelo delicado e macio véu da noite encantada... vi...
Leonardo... quem vê... vê... quem vê Alice, quem... viu a bela
Alice ruidosa... a bela Alice ruidosa e leviana... a bela Alice leviana
e ingênua... a bela Alice ingênua e reles... o corpo de êxtase
espiritual... dormindo... sentada dormindo, dormindo... sentada,
sentada... sentada desleixada... desajeitada, dormindo,
desmaiada... dormindo, deveras... dormindo... dominada...
dormindo... dormindo sentada na ponte flutuante do céu... a
mão leve e macia amando a arma celestial, o revólver... a mão leve
a macia amando... terna... o seio moreno, macio... maçã... pêra...
o seio de arco-íris de sete céus tocado pelo povo do arco-íris do
negro americano na sombra do que seu sorriso... a serpente celeste
inventando os pêlos aromáticos de mel e leite... da rosa lúbrica...
lúcida, lúdica... a bela rosa... a bela rosa lúcida, lúdica... a bela
rosa lúbrica... a rosa lúbrica de lábios morenos, banhada pelo
delicado e macio véu da noite encantada sobre as ramagens do
mosquiteiro... vi... Leonardo, vi... vi Alice... quem verá... viu... a
bela Alice... tão bela Alice tão leviana... a bela Alice tão ingênua...
a bela Alice tão ruidosa... a bela Alice tão donzela... a bela Alice
tão reles... o corpo de êxtase celestial... dormindo sentada... e
desajeitada... e desmaiada... e dominada... e deveras dormindo
sentada na ponte flutuante do céu... a mão leve, macia, delicada,
amando o revólver, a arma... a mão leve, macia, terna, amando o
seio moreno, maçã, pêra... desejando a morte do cavaleiro
Leonardo, o guerreiro Leonardo... o seio de sete céus de arco-
íris... do povo do arco-íris que ama a sombra do seu sorriso

improvisado o sax-tenor do negro norte-americano tocando... a serpente celeste inventando os pêlos aromáticos de leite e mel... do ventre leve da rosa, linda rosa lúdica... lúbrica e lúcida... a bela e donzela rosa... a leviana rosa reles... a ingênua rosa terna... a rosa linda... a rosa lúbrica de belos lábios morenos, banhada pelo delicado e macio véu da noite encantada sobre as ramagens do travesseiro e sob os olhos enevoados, sonolentos... vi, Leonardo vi...

Alice dormindo linda, sempre linda, Alice linda, Leonardo percebe: todas as noites segurando o revólver, capaz de me matar, o colo transformado em aconchego da arma, as pernas cruzadas mostrando a curva dos joelhos, vai me expulsar da vida, foi brincadeira, amor, foi brincadeira de paixão, brincadeira de amor, brincadeira de ternura. Não esquecerá o domingo: vem cá, amorzinho, vem cá, o clamor do sexo, dança de pernas e braços, gemidos de agonia e gozo. Agora não precisa mais se preocupar, alguma coisa se desenha no espírito, avisando-lhe que a madrugada será plena de balas e de tiros, preparados para a celebração. A bala cortando o som, repartindo a música negra que preenche a solidão e o susto, reunindo pedaços de lembranças e de vida que se concentrarão no coração da vítima, vítima presa na cama de lençóis brancos, recortada pela desproteção e pelo vazio, pela solidão, pela armadilha do sono, pela solidão da armadilha e pela armadilha do sono. Alice: dormindo linda, sempre linda, Alice linda. Acredita, com todas as forças é possível acreditar: ela tira a roupa, o robe verde aberto, o nó do cinto desfeito, as mãos na cintura, tão completamente inteira e nua, tão frágil e de tal forma desprotegida e nua, se apresenta terna e nua, o ventre suave, os pêlos criando a rosa, a rosa lúbrica macia, terna, delicada, os pêlos aromáticos, suaves e belos. Está sorrindo, sentada na poltrona de espaldar alto, confortável, um sorriso na face de quem ironiza a morte.

O arco-íris na rosa lúbrica. Alice lúcida. Alice nua.

... via... Leonardo, via... quem?... via a donzela Alice na ponte flutuante do céu, o negro tocando o povo do arco-íris no sax, esta mulher Alice rindo essa mulher, sentada na poltrona de espaldar alto, esta serpente celeste de quatro cores, esta Alice essa donzela cavalgando no carneiro celeste que fecunda o sol... quem?... vê... Leonardo vê a donzela Alice vária na ponte flutuante do céu, o negro tocando e improvisando o povo do arco-íris no sax, esta mulher rindo Alice sorrindo essa mulher, sentada na poltrona de espaldar alto, confortável e ruidoso, essa serpente celeste de quatro cores, essa Alice esta donzela cavalgando no carneiro celeste que fecunda o sol e a chuva desce sobre a terra... veria... Leonardo veria... quem?... Leonardo, veria a donzela senhora Alice vária na ponte flutuante do céu, o negro tocando e improvisando e inventando o povo do arco na sombra do seu sorriso do sax, esta mulher rindo Alice sorrindo Alice gargalhando esta mulher, sentada na poltrona de espaldar alto, confortável e ruidoso, esta serpente celeste de quatro cores, apontando o revólver de sete céus para o marido, esta Alice esta leviana cavalgando no carneiro celeste que fecunda o sol e a chuva desce sobre a terra, encantando os mares, rios, riachos... vendo... Leonardo, vendo... quem?... Leonardo vendo a donzela senhora Alice, vária e múltipla, na ponte flutuante do céu, o negro tocando o povo do arco íris e improvisando a sombra do seu sorriso e criando o corpo do êxtase espiritual, essa mulher rindo Alice sorrindo Alice gargalhando, essa mulher, sentada na poltrona de espaldar alto, confortável e ruidoso e confuso, essa serpente celeste de quatro cores, apontando o revólver para o marido, essa Alice leviana e reles cavalgando o carneiro celeste de quatro cores, que fecunda o sol e a chuva desce sobre a terra, encantando os mares, rios, riachos, engravidando as mulheres... viria... Leonardo viria... quem?... Leonardo viria a donzela senhora Alice, vária e múltipla e mária, na ponte flutuante do céu, o negro tocando o povo do arco-íris e improvisando a sombra do seu sorriso e criando o corpo do êxtase celestial e soletrando o preto, o vermelho, o amarelo e o verde, esta mulher, rindo, Alice sorrindo, Alice gargalhando, esta mulher leviana e reles e aflita, sentada na poltrona de espaldar alto, confortável e ruidoso e confuso e tenso, esta serpente celeste de quatro cores, apontando o revólver para o marido que dorme, esta Alice leviana e reles e bela, cavalgando o carneiro celeste que fecunda o sol e a chuva desce sobre a terra, encantando os mares, os rios, os riachos, engravidando as mulheres na louca paixão desvairada das campinas... verá... Leonardo, verá... quem?... quem viver Leonardo verá a senhora donzela Alice, vária e múltipla e mária e diversa e mariá, na ponte flutuante do céu, o músico negro tocando o povo do arco-íris e improvisando a sombra do seu sorriso e criando o corpo do êxtase espiritual e soletrando o preto, o vermelho, o amarelo e o verde, e pautando a escada de sete cores, essa mulher, Alice rindo, essa mulher, Alice sorrindo, essa mulher, Alice gargalhando, essa mulher leviana e reles e aflita e ingênua, sentada na poltrona de espaldar alto, confortável e ruidoso e confuso e tenso e terno, essa serpente celeste de quatro cores, apontando o revólver para o marido dormindo, essa Alice leviana e reles e bela e tranqüila, cavalgando no carneiro celeste que fecunda o sol e a chuva desce sobre a terra, encantando os mares, os rios e os riachos, engravidando as mulheres na louca paixão desvairada, banhando as campinas cobertas pelas nuvens claras... veria... Leonardo veria... quem?... quem viver Leonardo veria a senhora donzela Alice... vária e múltipla... mária e diversa... e mariá... na ponte flutuante do céu... o negro músico tocando o povo do arco-íris... improvisando a sombra do seu sorriso... criando o corpo do êxtase espiritual... soletrando o preto e o vermelho, o amarelo e o verde... pautando a escada de sete cores... celebrando as qualidades divinas... essa mulher Alice rindo, essa mulher Alice sorrindo, essa mulher Alice gargalhando... essa mulher... leviana e reles e aflita e ingênua e ruidosa... essa serpente celeste de quatro cores... apontando o revólver para marido dormindo... essa Alice... leviana e reles... bela e tranqüila... essa louca... cavalgando no carneiro celeste que fecunda o sol... e a chuva desce sobre a terra... encantando os mares, os rios, os riachos, os grotões... trepando e engravidando as mulheres... na louca paixão desvairada e cruel... banhando as campinas cobertas pelas nuvens claras... vi... quem?... quem viver verá, Leonardo...

Atravessando o leve e lento espaço entre o lustre apagado, o abajur aceso e as sombras densas que se movem com lentidão no quarto, Alice sabe na sonolência da ansiedade, na espera do assassinato, na luta pelo domínio do sono, a boca com gosto de vigília e os músculos se estendendo na preguiça, Alice lembra, os olhos sem cílios, pensando e não dormindo, a lembrança dentro do sono, mais vigília do que sono, Alice observa, tão marido aquele homem insistindo: os braços abertos em cruz, dormindo na cama de lençóis alvos, sob o mosquiteiro e sobre os travesseiros altos, espalhados, a mão esquerda repousando no ventre, é só prazer, amor, apenas festa de paixão, brincadeira de amor, ele dizia. Era ele quem ria, sorria e gargalhava, na tarde do domingo, na escandalosa tarde do domingo em que ele a chamou, Leonardo recorda: ela chegou com a tesourinha que estava na gaveta da sala, entre talcos, sedas e lenços, sabonetes e incensos, ajoelhada, Alice perguntando pareço uma borboleta, queria estar de saia longa e rendada, dessas que voam, que voam, que voam, insistindo. Mas ele agora compreende que ela apenas aguarda o momento em que não mais suportará o silêncio, feito voando naquela tarde do domingo com a sensação de leveza que a levava para a claridade, para a luz e para o sol — para espalhar o dia da alegria, para celebrar o encantado e para comemorar o maravilhoso. O sorriso abre-se com a esperança de ver Alice dançar.

8

ESFREGA a mão esquerda no seio desnudo, o longo robe de seda verde aberto, tão completamente inteira e nua, tão frágil e de tal forma desprotegida e nua, o lenço de seda roxa abandonado no ventre, os pêlos escuros e aromatizados na rosa lúbrica — o mistério da mulher sentada, no meio da noite, expondo as carnes, o olho lacrimejando, a boca com gosto de vigília. Ela dormindo, Leonardo desconfia, mas desconfia também que ela olha por baixo dos cílios inexistentes, ele olhando: Alice inteira e nua, tão completamente nua, tão frágil e tão bela, o robe de seda verde aberto e o lenço de seda roxa no ventre, Alice não pode se levantar, eufórica, não deseja esquecer, agora que pensa estar acordada, nunca esquecerá o espelho, Leonardo sabe que ela tem medo de espelhos, ela também não esquece o homem inteiro e rude, tão completamente inteiro e rude, tão frágil dormindo e de tal forma desprotegido, que ela se arrepia, aquele Leonardo fazendo festa com a brincadeira, é só prazer, amor. E distante, ele observando: e distante o apenas sorriso tímido nos lábios, os joelhos desnudos, joelhos lisos e joelhos leves, início ou fim da coxa que se mostra inteira, que se apresenta delicada, inteira e delicada, redondos e torneados os joelhos, linda, a mulher se dissolvendo nas ramagens do mosquiteiro, Alice dormindo: linda, sempre linda, Alice linda. E o colo brando, terno e carinhoso, agasalha a esperança da morte, a decisiva esperança da morte, que se encrespa na seda e na pele, procurando o instante em que se transformará em clarão. Quieta, não balança sequer o pé suspenso, protegido pela sandália, os dedos soltos, não movimenta os dedos, as unhas esmaltadas, não sacode a perna, e os olhos estão molhados, de lágrimas, de suor, de ânsia, o suor poreja o rosto, e o uivo, poderia uivar, uivaria na mata escura, triste e vazia, a boca escancarada, uivando, ela também escura, triste e vazia. Plenamente vazia. Relaxada, completa e plena relaxada, o revólver está se sustentando na mão direita pela saliência e pela curva dos dedos, a mão em curva, a mão em concha, a mão descansada sobre a coxa esquerda, igualmente escura, triste e vazia — a coxa bela, a coxa lisa, a coxa linda —, a coxa continua o joelho, subindo para o prazer, plena de brilhosa ternura.

O carneiro e a serpente. No arco-íris do amor.

... vendo via... esta mulher?... vendo Leonardo via... quem?... vendo Leonardo via esta mulher Alice, vária, esta puta, esta serpente celeste de sete cores cruzando com o carneiro celeste alado de quatro cores, ainda não penetrara completamente no negro bosque viscejoso da noite, na ponte flutuante do céu, a mão amando o revólver, amando a arma, amando a calma, apontando para o marido que dorme, desejando a morte, gemidos de agonia e gozo, dança de pernas e braços, a leviana mulher sentada no arco-íris de sete céus... via vendo... essa mulher senhora?... via Leonardo vendo... quem... via Leonardo vendo essa senhora mulher Alice, vária e múltipla, essa puta, essa meretriz, essa serpente celeste alado e nojenta de sete cores cruzando com o carneiro celeste e fedorento de quatro cores, ainda não penetrara completa e inteiramente no negro bosque viscejoso da noite, na ponte flutuante e misteriosa do céu, a mão amando o revólver, amando a arma, amando a calma, apontando para o marido que dorme desleixado, desejando o pranto e a dor, gemidos de agonia e gozo, dança louca de pernas e braços e mãos, a leviana e aflita mulher sentada no arco-íris de sete céus, o estandarte em batalha tremulando... vendo veria... esta donzela?... quem... viu... vendo Leonardo veria... viu esta puta senhora Alice ruiva, vária e múltipla e diversa, esta puta donzela, esta meretriz, esta serpente celeste e nojenta e vulgar de sete cores cruzando com o carneiro celeste alado e fedorento e sujo de quatro cores, ainda não penetrara completa e inteira e decisivamente no negro bosque escuro e viscejoso da noite, na ponte flutuante do céu, a mão amando o revólver e o sangue, amando a arma e a agonia, amando a calma e a morte, apontando para o marido que dorme, desleixado, desmaiado, desejando o pranto e a dor, gemidos de agonia e gozo, dança louca e terna de pernas e braços e mãos e pés, a leviana e aflita e ruidosa mulher sentada no arco-íris de sete céus, o estandarte em batalha tremulando, o coração sangrento em arrepios... vendo... viu e veria... quem?... esse anjo... vendo viu e veria... vendo Leonardo viu essa senhora puta Alice ruiva, várias e múltipla e diversa e muitas, essa puta e donzela, essa meretriz e essa ingênua, essa serpente celeste e nojenta e vulgar e leviana de sete cores cruzando com o carneiro celeste alado e fedorento e sujo e melado, ainda não penetrara completa e inteira e decisiva e profundamente no negro bosque escuro viscejoso e inquieto da noite, na ponte flutuante do céu, a mão amando o revólver e o prazer e o sangue, amando a arma e a agonia e o sofrimento, amando a calma e a pressa e a morte, apontando para o marido que dorme, desleixado e desmaiado, deitado e desejando o pranto e a dor e o esquecimento, gemidos de agonia e gozo, dança louca e terna e suada de pernas e braços e mãos e pés e quadris, a leviana e aflita e ruidosa e tranqüila mulher sentada no arco-íris de sete céus, o estandarte em batalha tremulando, o coração sangrento em arrepios, de propósito acendera o abajur sobre a mesa, vigiando as próprias dores, vigiando as chagas no peito, vigiando o sangue do ventre... vendo... viu e veria e vê... quem?... esta senhora meretriz... vendo e veria e viu e vê... vendo Leonardo viu esta senhora viu Alice vê esta puta ruiva... várias, múltiplas e diversas, márias... essa puta e senhora e donzela... essa meretriz e essa ingênua... essa serpente celeste e nojenta e vulgar... leviana e vadia... de sete cores... cruzando com o carneiro celeste alado e fedorento... e sujo e melado... e sangrento... ainda não penetrara completa... inteira e decisiva... profunda e verdadeiramente no negro bosque escuro viscejoso... e inquieto e perturbado da noite... na ponte flutuante do céu... a mão amando o revólver... e o prazer e o sangue e o pavor... amando a arma... e a agonia e o sofrimento e a lassidão... amando a calma... e pressa e a morte e o paraíso... apontando para o marido que dorme... desleixado e desmaiado... deitado e debruço... desejando a morte o pranto... e a dor e o esquecimento e lembrança... gemidos de agonia e gozo... e de desespero... dança louca e terna... tensa e tranqüila... de pernas e braços... e mãos e pés... e quadris e ombros... a leviana e aflita... ruidosa e serena... mulher sentada no arco-íris de sete céus... o estandarte em batalha tremulando... o coração sangrento em arrepios... de propósito acendera o abajur sobre a mesa... vigiando as próprias dores... vigiando as chagas do peito... vigiando o sangue do ventre... vestia um longo robe verde... vendo... viu e veria e vê e verá... Leonardo vê Alice...

A verdadeira face da mulher dormindo, dormindo ou em vigília, a verdadeira face cochilando, na luta pelo domínio do sono deve amar a morte — uma verdadeira mulher sabe que o marido dorme na espera do assassinato, na necessidade de acarinhar a arma, na luta para dominar o sono, uma verdadeira mulher sabe que o marido dorme olhando, vigiando, esperando. Leonardo também sabe que Alice sonha abismada e não sossega, tão frágil e tão desprotegida, tão diferente, de outra natureza, tão estranha e tão outra, estranha a natureza, capaz de agasalhar na alma aquela maravilha de beleza e aquela maravilha de dor, ela sentada dormindo e não dormindo, pensando, precisa atirar entre a segunda e a terceira costela, espera lívida, não deve ferir a coluna, experimenta o alvo a ser atingido, aguarda paralisada, teme se mexer, o rosto virado para o alto, o peito subindo e descendo, abriga solitária, assim fica mais fácil, a bala corta a carne e corta os músculos, corta os nervos. Entretanto, a madrugada surpreende-o cada vez mais sozinho no mundo, vítima que se oferece inteira, na incrível delícia do sono, lívido, parado e solitário, desconfia e desconfiando espera o uivo, poderia uivar, uivaria na mata escura, triste e vazia, a bala na coluna perfurando a alma, ferido e sangrando, lembrando a tarde do domingo, tarde preguiçosa, cinzenta, nebulosa, ferido e sangrando, parado e distante, quieto e vazio, semelhante ao tempo em que nem sequer havia Deus.

Ela parece sozinha no quarto de sombras que se movem lentas, arriada na cadeira de espaldar alto, confortável, as pernas abertas descobrindo a rosa lúbrica cheirando, um cheiro tão bom e tão suave, um perfume de pêlos aromáticos ocupando o espaço entre a poltrona e a cama, todo o espaço, reverberando nos móveis e no altar, espaço que será substituído e unido pela linha reta que a bala percorrerá desde o revólver até o corpo da vítima presa embaixo do mosquiteiro, sem sinuosidades nem curvas, em linha reta permanente, uma linha só, da vida para a morte, a bala em linha reta unindo a morte e a vida. De vez e para sempre morte. Eternamente vida e eternamente morte.

O guerreiro, o carneiro e a serpente. No céu, o negro toca sax.

... vendo verá, sempre... quem?... Alice linda, Alice bela... Alice doce... vendo Leonardo verá o guerreiro, verá Alice, a sempre puta, vê o corpo de êxtase espiritual de Alice, vestida de vermelho, trepando com o carneiro alado que fecunda o sol e mija chuva nos pêlos aromáticos, na ponte flutuante do céu de sete cores, sob o saxofone do negro tocando o povo do arco-íris, desejando a morte, desejando, desejando e temendo, temendo a dor e desejando o coração, temendo e temendo o coração, o estandarte em batalha tremulando, tão depravada, tão leviana, tão puta... vendo, verá sempre... quem?... Alice linda, Alice bela, Alice doce... vendo, Leonardo verá o guerreiro que brilha na armadura de couro, verá Alice, a sempre puta, vê o corpo do êxtase espiritual de Alice, a sempre pura, vestida de vermelho, trepando na campina com o carneiro alado que fecunda o sol e mija chuva nos pêlos aromáticos, engravidando as mulheres na ponte flutuante do céu de sete cores, sob o saxofone do negro tocando a sombra do seu sorriso e o povo do arco-íris, desejando a morte, desejando, desejando e temendo, temendo, temendo a dor e desejando o coração, temendo e temendo o coração, o estandarte em batalha tremulando, tão depravada e tão leviana, tão puta e tão donzela, vigiando as próprias dores para se atormentar ainda mais... vendo verá... sempre... quem?... Alice linda, Alice bela, Alice doce... vendo Leonardo, verá o guerreiro que brilha na armadura de couro em combate pela sublime sabedoria, verá Alice, a sempre puta vária, vê o corpo de êxtase espiritual, a sempre pura e doce, vestida de vermelho e o batom vermelho, trepando na campina verdejante com o carneiro alado de quatro cores que fecunda o sol e mija nos pêlos aromáticos da rosa lúbrica, engravidando as mulheres na ponte flutuante do céu de sete cores, sob o sax tenor do negro americano tocando a sombra do arco-íris do povo do seu sorriso, desejando a morte, desejando, desejando e temendo, temendo, temendo a dor e desejando o coração, temendo e temendo o coração, o estandarte em batalha tremulando, tão depravada, tão leviana, tão puta e tão donzela, tão safada, vigiando as próprias dores para se atormentar ainda mais, acendeu o abajur sobre a mesa... vendo..., verá... sempre, quem?... Alice bela, Alice linda, Alice doce... vendo Leonardo sempre verá o guerreiro que brilha na armadura de couro em combate pela sublime sabedoria... pela elevada virtude... verá Alice... a sempre puta vária e múltipla... vê o corpo de êxtase espiritual de Alice... a sempre pura, doce e bela Alice... vestida de vermelho... batom vermelho... sapato vermelho... trepando na campina verdejante e ensolarada... com o carneiro alado de quatro cores que fecunda o sol... e mija nos pêlos aromáticos da rosa lúbrica molhada... engravidando as mulheres na ponte flutuante do céu de sete cores... sob o saxofone tenor do negro americano tocando o povo do arco-íris na sombra do seu sorriso... desejando a morte... desejando... desejando e temendo... temendo... temendo a morte e desejando o gozo... temendo... temendo a dor e desejando o coração... o estandarte em batalha tremulando... tão depravada e tão leviana... tão puta... tão donzela e tão safada... vigiando as próprias dores para se atormentar ainda mais... acendeu o abajur sobre a mesa, num só corpo velha sertaneja corcunda e puta vestida no longo robe verde de seda... vendo... sempre verá... quem?... Alice bela, Alice linda, Alice doce... vendo o cavaleiro Leonardo sempre verá o guerreiro que brilha na armadura de couro em combate pela sublime sabedoria, pela elevada virtude, pelo alto esforço... verá Alice, a sempre puta... vária... múltipla e diversa... vê o corpo de êxtase espiritual de Alice, a sempre pura... doce... e bela Alice, vestida de vermelho, batom vermelho, sapato vermelho, rosa vermelha na orelha, trepando na campina verdejante, ensolarada e quente... com o carneiro alado de quatro cores que fecunda o sol e mija nos pêlos aromáticos da rosa lúbrica molhada e suada... engravidando as mulheres na ponte flutuante do céu de sete cores... sob o saxofone do povo do arco-íris tocado pelo negro americano, improvisando a sombra do seu sorriso... desejando a morte, desejando, desejando e temendo, temendo... temendo a morte e desejando o gozo... temendo... temendo a morte e o gozo, temendo... temendo a dor e desejando o coração... desejando a agonia e temendo o coração, desejando... desejando a dor e desejando o coração, o estandarte em batalha tremulando, tão depravada e tão leviana... tão puta, tão donzela, tão safada... vigiando as próprias dores para se atormentar ainda mais, acendeu o abajur sobre a mesa... num só corpo velha sertaneja corcunda e puta vestida no longo robe verde de seda, espiando a fera que se ergue no peito... vendo, verá sempre...

Em linha reta permanente, uma linha só, da vida para a morte, Leonardo compreende o destino traçado no espaço que será substituído e unido pela linha reta que a bala percorrerá desde o revólver até o corpo, ele preso embaixo do mosquiteiro. Parado e distante, quieto e vazio, procura adivinhar os segredos na verdadeira face da mulher dormindo, dormindo ou em vigília, a verdadeira face cochilando, na luta pelo domínio do sono que deve amar a morte, mas desconfia que ela pensa: é uma sorte, uma grande sorte, que Leonardo esteja vivo para poder matá-lo, ninguém deve sair da vida senão carregando nos ombros outro corpo — ou outra alma, ou outro espírito, ou outro vulto, sempre pensando, Leonardo adivinha o mundo se contorcendo, aquela maravilha de beleza e aquela maravilha de dor, sentada dormindo e não dormindo, pensando é muita sorte que Leonardo viva — Alice vária, viva e vária, Alice vive. Alice dorme com o longe robe de seda verde aberto, os seios belos, os seios lisos, os seios lindos, suspensos morenos e em grave repouso no busto, seguidos pela cavidade suave do ventre, para expor em seguida os pêlos aromáticos que circundam a rosa lúbrica em permanente apresentação, os joelhos desnudos, joelhos lisos, joelhos leves, joelhos macios, início ou fim da coxa que se mostra, que se apresenta delicada, redonda e torneada, linda, sobre ela a mão direita sustentando o revólver pela saliência dos dedos, a mão em concha e a mão em curva, mas em silêncio, sempre em silêncio e em solidão o revólver ali descansando. Preparado para a celebração da morte, o assassinado inevitável, ele sabe que pode abraçá-la, pode acarinhá-la, pode beijá-la antes da condenação, e no entanto já está condenado, porque ela é uma criatura dos sentidos e estará sempre disposta ao clamor do sexo, dança de pernas e braços, gemidos de agonia e gozo, gemidos de alegria e estertor, que é com alegria e gozo que Alice se oferece a tudo, para tudo, e com tudo, algo irritante na sua pele de prazer, que exige mordidas, tapas e ponta-pés, Alice escandalosa. Todas as noites, faz tempo, segurando o revólver, sentada, noites inteiras ela ali, as pernas cruzadas, o peito caindo da blusa, o longo verde caindo elegante no corpo, de uma sensualidade carinhosa, carinhosa e tranqüila, de uma sensualidade terna e tensa.

O corpo do êxtase. Alice espiritual. No céu e na terra.

... vendo via... quem?... vendo vê... vendo Leonardo via Alice dormindo e não dormindo, em permanente vigília, e em permanente sono, o corpo do êxtase espiritual de Alice, vestida de vermelho, e puta, lutando contra o guerreiro que brilha na armadura de couro, pela sublime sabedoria, pela elevada virtude, pelo alto esforço, e doce, depois que trepou, na campina verdejante, ensolarada e quente, com o carneiro alado de quatro cores, que mija no sol e faz a chuva descer sobre a terra, atravessando a ponte flutuante do céu para engravidar mulheres, aquelas que desejam o coração, o estandarte em batalha tremulando... vendo... vendo via... quem?... vendo vê... vendo Leonardo via Alice dormindo, sentada na poltrona de espaldar alto, confortável, dormindo, em permanente vigília, e em permanente sono, o corpo do êxtase espiritual de Alice, vestida de vermelho, sapato vermelho, e puta, apontando o revólver para o marido que dorme, lutando contra o guerreiro que brilha na armadura de couro pela sublime sabedoria, pela elevada virtude, pelo alto esforço, e doce, e contra o cavaleiro senhor de sua montaria, depois que trepou, na campina verdejante, ensolarada e quente, terna e tranqüila, com o carneiro alado de quatro cores, que mija no sol e faz a chuva descer sobre a terra, atravessando a ponte flutuante do céu para engravidar mulheres, meretrizes, aquelas que desejam o coração, o estandarte em batalha tremulando, tão completamente inteira e pura... vendo... vendo vê... quem?... vendo via... vendo, Leonardo vê Alice dormindo... sentada na poltrona de espaldar alto, confortável, aflito... dormindo... em permanente vigília e em permanente sono... o corpo do êxtase espiritual de Alice, vestida de vermelho, sapato vermelho, batom vermelho, e puta... apontando o revólver para o marido que dorme, lutando contra o guerreiro que brilha na armadura de couro... pela sublime sabedoria, pela elevada virtude, pelo alto esforço, pela desmedida coragem... e doce... e contra o cavaleiro senhor de sua montaria, depois de haver trepado na campina... verdejante, ensolarada, quente, terna, tranqüila... com o carneiro alado de quatro cores, que mija no sol e faz a chuva descer sobre a terra, atravessando a ponte flutuante do céu para engravidar mulheres, putas... tão completamente inteira e tão inteiramente nua... tão bela mulher rindo... vendo vê e via... sempre quem?... vendo Leonardo vê Alice dormindo e via Alice em permanente vigília... e em permanente sono... sentada na poltrona de espaldar alto, confortável, aflita e ruidosa... o corpo do êxtase espiritual de Alice... vestida de vermelho... sapato vermelho... batom vermelho... rosa vermelha... e puta... apontando o revólver para o marido que dorme, dormindo... lutando contra o guerreiro que brilha na armadura de couro...pela sublime sabedoria... pela elevada virtude... pelo alto esforço... pela desmedida coragem... pela sagrada conquista... e doce... e contra o cavaleiro senhor de sua montaria, afilhado de São Miguel... depois de ter trepado na campina... verdejante e ensolarada... quente e terna... quente e tranqüila... com o carneiro alado de quatro cores, que mija no sol e faz a chuva descer sobre a terra, atravessando a ponte flutuante do céu para engravidar mulheres... putas e donzelas... tão completamente inteira e tão inteiramente nua... tão bela a mulher rindo e tão linda a mulher sorrindo... numa cama sob as ramagens do mosquiteiro... vendo... vendo sempre... via e vê sempre... quem?... vendo Leonardo via Alice dormindo, vê Alice em permanente vigília e em permanente sono, sentada na poltrona de espaldar alto, confortável... aflita e ruidosa e leviana... o corpo de êxtase espiritual em Alice, vestida de vermelho... sapato vermelho e batom vermelho... rosa vermelha e cabelo vermelho... e puta, apontando o revólver para o marido que dorme, dormindo, deitado... lutando contra o guerreiro que brilha na armadura de couro... pela sublime sabedoria e pela elevada virtude... pelo alto esforço e pela desmedida coragem... pela sagrada conquista e pela bendita vitória... e doce... e contra o cavaleiro senhor de sua montaria, afilhado de São Miguel, grosseiro e impaciente... depois de ter trepado na campina verdejante e ensolarada... quente e terna... quente e tranqüila... quente e tensa... com o carneiro celeste alado de quatro cores, que mija no sol e faz a chuva descer sobre a terra... atravessando a ponte flutuante do céu para engravidar mulheres, putas e donzelas... levianas e ingênuas... tão completamente inteira e tão inteiramente nua... tão bela a mulher rindo... e tão linda a mulher sorrindo... e tão doce a mulher gargalhando... numa cama sob as ramagens do mosquiteiro e sob as nuvens dos olhos... vendo sempre... Leonardo vi, Leonardo vê... Leonardo vendo...

Preparado para a celebração da morte, o assassinato inevitável, na sonolência da ansiedade, na espera do crime, na luta pelo domínio do sono, para dominar a espera, para dominar a ansiedade, para dominar a morte, Leonardo sonha em busca dos carros de corrida, de brinquedo, que guarda desde a infância, sempre na cama, no preparo do sono, no domínio da espera, na celebração da ansiedade. Por isso acompanha a criação e a construção da morte, a leve criação e a lenta construção da morte que se agita no peito, o coração — estandarte da batalha — tremulando de alegria, vigiando as próprias dores, tentando encontrar Alice, tentando encontrar os carros de brinquedo, tentando encontrar o sono, para sonhar com a preparação da espera, com a preparação da ansiedade, com a preparação do crime, celebrado entre a poltrona e a cama, no espaço que será substituído e unido em linha reta pela bala que percorrerá o movimento desde o revólver até o corpo, rompendo as carnes, rompendo os músculos, rompendo os nervos, sem dominar a espera, sem dominar a ansiedade, sem dominar o assassinato. E não sossega, sonha e não sossega, esperando o tiro de mágoa, o tiro de paixão, o tiro de agonia, o instante em que será arrancado do sonho com os carros de corrida, a vida escorrendo pelas ramagens dos olhos sujas de sangue, arrancado do sono, arrancado do sonho, arrancado da vida. Mas não quer, não pretende, não deseja dormir. Não quer a mágoa, não pretende a paixão, não deseja a agonia. Entre a decisão e a coragem abre os olhos, a mulher parece uma borboleta, dessas que voam, que voam, que voam, revólver na mão, o longo robe verde caindo, ela ri, ela sorri, ela sorrindo, o sorriso de doçura, o belo sorriso de ternura, o lindo sorriso de ironia, o magnífico sorriso de afeto. Alice se esforça para manter o sonho, o desejo e a vontade de atirar, de molhar as mãos no sangue do amado, do para sempre amado, do eterno amado, do eternamente amado. Eufórica, não deseja esquecer, agora que pensa estar acordada, nunca esquecerá o domingo, é impossível, a tarde do domingo, em que Leonardo chamou-a, imaginando ela precisa de carinho, de afeto, de ternura, chamou-a vem cá, amorzinho, vem cá e traga a tesourinha. Um domingo sisudo, cinzento, quando nem se pensava na existência de Deus.

9

A MÃO em curva, a mão em concha, a mão curvando-se para dentro, a mão em arco, fechando-se, o revólver dorme na mão encurvada, protegido pela saliência dos dedos, pela dobra dos dedos, pela curva dos dedos, o revólver pesado repousa na mão direita sobre a coxa esquerda, o revólver na mão, prepara-se para festejar a bala que enfeitiçará o coração do amado, do para sempre amado, do eterno amado, do eternamente amado, o revólver pesado repousa na coxa esquerda próxima à curva que festeja os pêlos aromáticos, pêlos selvagens, pêlos densos, da rosa lúbrica de Alice, ela ali sentada na poltrona de espaldar alto, confortável e aflita, segurando o revólver, a mão em curva, a mão em concha, a mão curvando-se. Na pele, ainda os dedos e o suor do amado, conhece a necessidade da morte — a absoluta necessidade irremediável da morte, a irremediável necessidade de Leonardo que vê a mulher se dissolvendo nas ramagens, por trás do mosquiteiro. E desconfia, sempre desconfiando: mais do que a nudez do corpo, muito mais do que a nudez do sonho, mais, muito mais do que a nudez do corpo e do sonho, mais, muito mais do que a nudez da lembrança, mais, muito mais do que a nudez da lembrança e do sonho, é a armadilha se articulando, a armadilha do clamor do sexo, a armadilha do balé agitado, dança de pernas e braços, gemidos de agonia e gozo, inquietação de prazer e dor. A armadilha, sem sinuosidades nem curvas, que se arma entre o lustre apagado, o abajur aceso e as sombras densas que se movem com lentidão no quarto, mas onde é preciso armar o mosquiteiro para impedir o avanço das muriçocas, dos mosquitos e das moscas, o ar-condicionado impotente na contra insetos, vê o revólver que volta a apontar para ele, e a morte é ao mesmo tempo revólver, mira e bala, três vezes pronta para o crime, três vezes pronta para o assassinato, três vezes pronta para a morte. Alice muda de posição na poltrona, os olhos fechados e parados, bem parados, esquisitos os olhos sem cílios movendo-se, procurando o passado, procurando a ira, procurando o presente, procurando o ódio: é preciso alimentá-lo sem perder o afeto, sem perder a ternura, sem perder o amor, vagueia no sono e vê-se espreitando a presa na armadilha da lembrança, aguarda o momento em que amará a morte. Respira fundo e o busto se move sem no entanto perder a grave leveza de encanto e paixão, deita a cabeça, entre a decisão e a coragem, observa-a na poltrona, o espaldar alto, a cabeça pende, a boca abre, o ombro arreia, tremeluzem os olhos. Esfrega a mão esquerda no seio desnudo, o lenço de seda roxa abandonado no ventre liso, os pêlos escuros e aromatizados na rosa lúbrica — o mistério da mulher sentada, no meio da noite, expondo as carnes, o olho sem cílios lacrimejando, a boca com gosto de vigília. Teme beijá-la com leveza e com ternura, beijando-a desde o bico do peito, desde o seio moreno, macio, maçã, pêra, percorrendo o umbigo, a língua lambe a flor do ventre, beijando-a nos pêlos, percorrendo o sexo, as coxas, percorrendo-a sempre e beijando-a. Gemendo. A tarântula sorrindo. A face torturada.

Leonardo sim. Alice não. Este marido guerreiro.

... Leonardo sim, a bela Alice não... vendo a bela Alice vê Leonardo sim... Alice sim... vendo o rude Leonardo via a bela Alice não... Leonardo não... Alice sim completamente inteira... e não inteiramente nua sim... a bela Alice não... o rude Leonardo sim... o guerreiro sim que brilha não na armadura de couro não... o rude Leonardo não... a bela Alice sim... o corpo sim de êxtase espiritual não... o rude Leonardo não... a bela Alice sim... este marido não guerreiro sim lutando sim contra o escorpião não celeste sim alado não de quatro cores sim... o rude Leonardo sim... a bela Alice não... mijando no sol sim e a chuva não descendo para a terra não... o rude Leonardo não... a bela Alice sim... engravidando não as mulheres sim que passeiam não na ponte flutuante do céu sim... o rude Leonardo sim... a bela Alice não...

O revólver mirado para ele, Alice mira, Alice aponta, Alice mira e aponta, Alice preparada três vezes para o crime, três vezes: o sorriso na sombra do sax tocando entre a decisão e a coragem, três vezes preparada para o assassinato, três vezes: a bala cortando o som, repartindo a música negra que preenche a solidão e o susto, três vezes preparada para a morte, três vezes: o revólver silencioso que aceita a vida do negro tocando sax, destruindo o silêncio das balas, destruindo o susto dos tiros, destruindo a solidão do revólver, abismo sem fim da arma niquelada, a expectativa do tiro, a expectativa da bala, a expectativa da morte, o abismo entre a poltrona e a cama, o rigoroso espaço que se forma entre a vida e a morte, o abismo entre a decisão e a coragem, o movimento rápido da bala sangrando a noite, o abismo entre o lustre apagado e o abajur aceso. O sorriso na sombra do sax, o sorriso de Alice dormindo entre a decisão e a coragem, a bala cortando o som, a inquietação de Leonardo vigiando a mulher entre a poltrona e a cama, o revólver silencioso que aceita a vida do negro tocando sax, Alice vendo, Leonardo olhando, o revólver mirado para ele, Alice mira, o abismo entre a poltrona e a cama, Alice aponta, o rigoroso espaço que se forma entre a vida e a morte, Alice mira e aponta, o abismo sem fim da arma niquelada, Leonardo pensa, pensa e cochila, a vigília expandindo-se pela noite adentro, a expectativa do tiro, o sorriso da sombra tocado no sax, a expectativa da bala, o sorriso de Leonardo vigiando a mulher, a expectativa da morte, o revólver silencioso que aceita a vida, o negro tocando sax. Para ele o revólver mirado três vezes, Alice preparada para o crime, para ele o revólver apontado três vezes, Alice preparada para o assassinato, para ele o revólver mirado e apontado três vezes, Alice preparada para a morte, inteira e nua, o longo robe de seda verde arreia, os ombros, tão frágeis e tão belos, mostram-se inteiros e nus, plenos de brilhosa ternura, uma ligeira sombra na curva do seio que sobe manso, o braço evita a completa iluminação do abajur, as marcas do sono se adensando no rosto, nas têmporas, no queixo, um apenas sorriso nos lábios. E distante. Olha e vê: o marido dorme na cama larga de lençóis alvos, travesseiros altos, envolto pelas ramagens do mosquiteiro, o esquisito travesseiro entre as pernas, os carros de brinquedo espalhados, um homem que não sabe se esquivar da infância, carros de brinquedo e mosquiteiro, que deve morrer pela madrugada, ainda que a madrugada esteja correndo para o dia, mira o revólver, aponta o revólver, mira e aponta o revólver, três vezes pensa para não se arrepender jamais. O abismo do sorriso sem fim nos lábios de Alice, Leonardo pensa, vigiando a mulher, o olho aberto de Leonardo na expectativa da morte, Alice imagina, o revólver silencioso que aceita a vida, Leonardo reflete. Para ele o revólver mirado três vezes, três vezes apontado para ele, para ele mirado três vezes e apontado três vezes para ele. Três vezes.

Este marido sim, guerreiro não. A tarântula no cio.

... Leonardo não a bela Alice sim... vendo a bela não terna sim Alice não vê Leonardo sim... a bela sim Alice não terna sim... vendo o rude não Leonardo sim antipático não via sim a bela não terna sim Alice não... o rude sim Leonardo não antipático sim... o guerreiro sim que brilha não na armadura de couro sim... a bela não Alice sim terna não... perseguindo sim o escorpião não alado sim... o rude não Leonardo sim antipático não... que persegue sim a tarântula não celeste sim de sete cores não no cio sim... a bela sim Alice não terna sim... mijando não no sol sim e a chuva não desce sim sobre não a terra sim... o rude sim Leonardo não antipático sim... na ponte não flutuante sim do céu não para não engravidar sim mulheres não putas sim donzelas não...

As sombras densas se movem com lentidão no quarto, Leonardo percebe: são sombras de insetos, de pequenos bichos que voam de um lado a outro no pequeno espaço do quarto, protegido pelo mosquiteiro, pelas ramagens do mosquiteiro, pelas nuvens do mosquiteiro, que facilita a movimentação na cama de lençóis brancos, travesseiros altos, abandonado e só, nas franjas do sono Alice se distancia, ali sentada, imersa nas sombras densas que se movem com lentidão no quarto, que alteram também o rosto da mulher, o abajur intenso no lado esquerdo, a luz morta, quase morta do lado direito, sem direito a alterações, Alice dormindo: linda, sempre linda, dormindo e linda, Alice boa de maltratar, só o frio escorrendo pela espinha, escorrendo pela espinha a alegria, escorrendo pela espinha a felicidade de cortar os cílios com lentidão, minucioso artesão e exato artífice, depois você, amada, depois você verá com mais clareza, mesmo dentro das sombras densas que se movem no quarto. O mundo se contorcendo, aquela maravilha de beleza e aquela maravilha de dor, sentada, ela dormindo e não dormindo, pensando é muita sorte que Leonardo viva para poder matá-lo, deitado e desprotegido, dormindo e derrotado, dormindo, Alice arreia e se arrepia, os joelhos desnudos, a agonia presa na garganta, o sangue esvaindo-se no interior das veias, do peito, do ventre, o choro nos lábios, o soluço perdendo-se na noite, cansa, agora cansa, inquieta e impotente, cansa, amarga o soluço que vem escorrendo do peito, pela garganta, sacode a boca, irrompe nos lábios, decepcionada, é a decepção, só o frio escorrendo pela espinha, escorrendo pela espinha a alegria, escorrendo pela espinha a felicidade, escorrendo pela espinha a decepção, tão bom que ele esteja vivo, tão bom, restará tempo para a execução do crime. Não deseja o sono — não quer o sono, não o pretende —, precisa passar do meigo para o ódio, procura percorrer os caminhos que conduz ao crime, percebe que é preciso — impiedosamente necessário — alimentar o animal grotesco que provoca a raiva a partir daquele momento em que Leonardo pediu vem cá, amor, vem cá, e traga a tesourinha, na tarde de domingo, de que é feito o domingo, perguntava à mãe, de que o quê, minha filha, que é feito o domingo, domingo é coisa sisuda, respondendo, segurando o revólver na mira certeira do coração do homem, sente os olhos ardendo, a falta de cílios, gostaria tanto que Leonardo acordasse reclamando, pela antipatia de dizer alguma coisa, pela antipatia de falar alguma, pela antipatia de reclamar alguma coisa — esse tipo, esse bosta, esse nojo. Respira fundo e o busto se move sem no entanto perder a grave leveza de encanto e paixão, sem perder porém a grave leveza de amor e carinho, sem contudo perder a grave leveza de amor e encanto, a mão esquerda no seio desnudo, o lenço de seda roxa abandonado no ventre liso, os pêlos escuros e aromatizados na rosa lúbrica, o mistério da mulher sentada.

A tarântula, sim. O escorpião alado no céu. Alice, não.

... Leonardo via, sim... Alice vendo, não... o rude Leonardo, o grosseiro, vê a bela Alice terna, sim... via, Alice via, Leonardo vendo o escorpião alado, sim... não, engravidando as mulheres que passeavam na ponte flutuante do céu, não... vê, o rude Leonardo, o grosseiro, vê Alice vendo a tarântula celeste... sim, a tarântula celeste de sete cores combatendo o cavaleiro, sim... vendo, a bela Alice, linda, vê Leonardo via o cavaleiro senhor de sua montaria, afilhado de São Miguel... não, perseguindo o escorpião alado no céu, não... via, o rude Leonardo, o grosseiro, vê a bela Alice, linda, vendo a tarântula celeste... sim, a tarântula celeste no cio combatendo o cavaleiro e fugindo do escorpião alado no céu, sim... via, a bela Alice, linda, vê... vendo...

O mistério da mulher sentada e nua, o longo robe verde de seda inteiramente arriado nas costas, o longo robe verde de seda completamente dobrado na cintura, o longo robe verde de seda inteiramente enfeitando a cintura, o longo robe verde de seda completa e inteiramente descendo pelas nádegas, os seios vivos e duros, os seios quietos e suaves, os seios morenos e ternos, a imediata lembrança dos carros de corrida, os seios e os carros, mas Leonardo não quer, não pretende, não deseja dormir. Os olhos na vigília, o gosto de sono na boca, a preguiça nos músculos, a lembrança nos sonhos, Leonardo olha: Alice arriada na poltrona de espaldar alto, confortável, confortável e aflita, as pernas abertas descobrindo a rosa lúbrica cheirando, um cheiro tão bom e tão suave, um perfume de pêlos aromatizados ocupando o espaço entre a poltrona e a cama, o cheiro do quarto, o cheiro do lenço, o cheiro da gaveta — incenso, sândalo, rosa, e o colo brando, terno e carinhoso, o colo descoberto, agasalha a esperança da morte, a decisiva esperança da morte, a absoluta esperança da morte, que se encrespa na seda e na pele, o revólver procurando o instante em que se transformará em clarão, vendo o revólver mirado para ele, Alice mira, Alice aponta, Alice mira e aponta, Alice preparada três vezes para o crime, três vezes, ouvindo o negro americano tocando o povo do arco-íris, Alice vendo, Leonardo olhando, o revólver mirado para ele, Alice mira, o abismo entre a poltrona e a cama, Alice aponta, o rigoroso espaço que se forma entre a vida e a morte, Alice mira e aponta, o abismo sem fim da arma niquelada. Com a paixão que ama a antipatia, com a ternura que ama o sorriso irônico, com o carinho que ama a voz irada, Leonardo sabe que Alice ama a antipatia, Alice ama o sorriso irônico, Alice ama a voz irada, e que vem daí a certeza de que a morte, igual a um abajur aceso, cavalgando no lustre apagado, e atravessando as sombras densas, está a caminho, e passando, finalmente, pela porta fechada, para alimentar o gosto de sangue sobre o corpo de Leonardo, bicando o coração amargo, sem precisar cortar a pele e a carne, que é a melhor maneira de matar sem ofender o corpo, vigiando e não dormindo, a lembrança dentro do sono, mais vigília do que sono, mais lembrança do que sonho, mais sonho do que sono, o revólver aconchegado na mão, agasalhado e protegido, Alice olha e vê: o marido dorme, tão homem e tal marido, na névoa da lembrança e da vigília, dizendo você verá com mais clareza. Leonardo gostando de dizer você verá com mais clareza, terá luz abundante e alegre, abra os olhos, meu amor, abra os olhos formosa mulher, e ela sentia um prazer de sangue esvaindo-se nas veias, beijo a beijo, boca a boca, lábios de línguas e mordidas, estou bem assim, ela indagando, pareço uma borboleta, perguntando, queria estar de saia longa, dessas que voam, voam, voam, os dois insistindo está bem assim. O sorriso abre-se, porém abre-se ainda mais para acalentar o sono, o sonho e a lembrança.

10

PREPARADO para a celebração da morte, o assassinato inevitável, ele sabe que pode abraçá-la, que pode acarinhá-la, que pode beijá-la antes da condenação definitiva, e no entanto já está condenado, a condenação existe desde o momento em que cortou os cílios, porque ela é uma criatura dos sentidos, estará sempre disposta ao clamor do sexo, dança de pernas e braços, movimentos de ombros e quadris, balé de gestos e afagos, gemidos de agonia e gozo, gemidos de agonia e estertor, gemidos de alegria e dor — dança de gemidos e agonia, movimentos de alegria e de pernas, balé de gozo e dor —, que é com alegria e gemidos e dor que ela se oferece a tudo, para tudo e com tudo: é irritante, Alice é irritante, o prazer de Alice é irritante, o gozo de Alice é irritante, algo irritante na sua pele de prazer, que exige mordidas, tapas e ponta pés, e prazer de mordidas, prazer de ponta pés, prazer de tapas, e mordidas de alegria, mordidas de gozo, mordidas de dor, e tapas de prazer, tapas de gemidos, tapas de agonia, e ponta pés de gozo, ponta pés de estertor, ponta pés de afagos, Alice escandalosa e leviana, esta filha da puta me devora. Ela dorme nua, nem percebe e dorme nua, completa e inteiramente nua, ele quer rir, quer sorrir, quer gargalhar, Alice vária, viva e vária, Alice vive, ingênua e leviana, os seios belos, os peitos lisos, os seios lindos, os peitos delicados, maçã, pêra, suspensos, morenos, suspensos e morenos, leve monte de carne e beleza, cheirosos, suspensos e grave repouso no busto, apontando para a delícia dos lábios, apontando para a delícia da língua, apontando para a delícia dos beijos — lentos beijos, longos beijos, lentos e longos beijos, beijos lentos, beijos longos, beijos e beijos —, seguidos pela cavidade suave do ventre, expondo os pêlos aromatizados, incenso, sândalo e rosa, que circundam a rosa lúbrica em permanente exibição, e o colo brando, terno e carinhoso, o colo descoberto agasalha a esperança da morte, a decisiva esperança da morte, a absoluta esperança da morte, o revólver, a bala acesa, o clarão iluminando o quarto, mostrando o sorriso de Alice inventando o sax, o sorriso de Alice dormindo entre a decisão e a coragem, o sorriso de Alice acordada entre a poltrona e a cama, a bala cortando o som do tenor do negro americano, a inquietação de Leonardo entre o mosquiteiro e os lençóis, os travesseiros, altos, espalhados, no sem-fim do abismo do tiro de mágoa, do tiro de paixão, do tiro de agonia, uivando, poderia uivar, uivaria na mata escura, triste e vazia, que é a sua alma, a boca escancarada, ela também escura, triste e a vazia, a pele, os músculos, a carne. O mundo se contorcendo, aquela maravilha de beleza e aquela maravilha de dor, sentada dormindo e não dormindo, pensando é muita sorte que Leonardo viva porque não passará de hoje, de hoje não passará, não passará, expulso da vida, para sempre, para o abismo, para a eternidade, está decretado desde que chegou com a tesourinha que estava na gaveta, entre talcos, sedas e lenços, talcos e incensos, sedas e sândalos, lenços e rosas, dizendo aqui estou a seus pés, ajoelhando-se diante do cavaleiro, ajoelhando-se aos pés do cavaleiro, ajoelhando diante de Leonardo, era mesmo aquele marido, igual a este homem que mando fique ajoelhada, coloque as mãos finas e belas nas minas coxas, você terá uma surpresa, depois você, amada, verá com mais clareza, com muito mais clareza, com mais bem mais clareza, ela compondo soluços no prazer agonioso de não suportar a claridade nos olhos, pedindo me leva ao médico, me leva ao oculista, me leva ao oftalmologista, me leva, e ele rindo, sorrindo, gargalhando, Alice você é mulher para muitas alegrias, mulher para diversos gozos, mulher para múltiplas dores. Dores e louvores. Alice sendo.

As quatro cores do arco-íris: preto, vermelho, amarelo e verde.

... vê... quem via... Alice sim... quem vê... Leonardo não... a bela Alicia via o grosseiro Leonardo vendo... sim, o escorpião não alado sim trepando não com a tarântula sim celeste, não... a bela sim Alice não vê o guerreiro sim Leonardo não via sim... não a tarântula sim parindo não as quatro sim cores não do arco-íris não... a linda Alice não quem sim via não o cavaleiro... Leonardo...

Os cabelos negros de Alice deslizam ondulados, não muito ondulados, não bem ondulados, leves e ondulados, levemente ondulados, cobrindo a orelha, alguns fios tocando na face, colados e suados, fazendo a curva suave e delicada do pescoço, caindo macios no ombro, chegando perto dos seios, seios vivos e palpitantes, seios quietos e mansos, seios morenos e ternos, os bicos arroxeados e duros, os bicos arroxeados e tensos, os bicos arroxeados e perfumados, e desta posição em que ele se encontra é possível claro observar: da direita para a esquerda, deitado de peito para o alto, a cabeça voltada em curva para esquerda, ela sentada na poltrona de espaldar alto, confortável, confortável e aflita, com o lado esquerdo bem à mostra, e embora seja permitido apreciar o corpo inteiro, a iluminação do abajur aceso permite sombras do lado direito, sombras que às vezes se arrastam, que às vezes se movem, que às vezes se agitam, levadas pelo movimento das muriçocas, pelo movimento dos insetos, pelo movimento das moscas, raras e inconstantes moscas, combatidas pelas ramagens do mosquiteiro, de onde ele vê Alice, cujos cabelos negros deslizam ondulados, não muito ondulados, não bem ondulados, leves e ondulados, levemente ondulados, envolvendo a cabeça iluminada pelos olhos grandes e escuros — pretos na penumbra da noite, castanhos na festa do dia, escuros nas franjas da madrugada —, sem os cílios negros, bem negros, bem pretos, bem escuros, molhados e brilhantes, que ela se acostumou a possuir no desenvolvimento dos anos, sem questionar, sem jamais questionar, sem nunca questionar, agora sem cílios, os cílios cortados na tarde do domingo, uma tarde de domingo nostálgico, cinzento, parados, a bolsa das pálpebras inferiores ressaltando a cavidade dos olhos negros — negros, pretos, escuros, molhados e brilhantes — as pálpebras superiores, as córneas brancas, descongestionadas, puras, embora sonolentas e tensas, acentuando a beleza tranqüila da face, a verdadeira face da mulher dormindo, dormindo ou em vigília, a verdadeira face da mulher cochilando, cochilando ou acordada, a verdadeira face da mulher fingindo, fingindo ou esperando, a verdadeira face tranqüila, dormindo, cochilando e vigiando, na luta pelo domínio do sono — uma verdadeira mulher sabe que o marido dorme na espera do assassinato, na necessidade de acarinhar a arma, na luta para dominar o sono, uma verdadeira mulher sabe que o marido dorme olhando, cochilando, vigiando, o olho que alcança os gestos, a pálpebras que batem lerdas, a íris densa, parada, imóvel — os cílios negros cortados de Alice, os cílios negros ausentes de Alice, os cílios negros cortados, ausentes e sentidos de Alice provocam inquietação e dúvida. Os cabelos negros de Alice deslizam ondulados na verdadeira face, os olhos negros de Alice iluminam a verdadeira face da mulher da mulher dormindo, as pálpebras negras da verdadeira face da mulher cochilando e fingindo, para ressaltar a força delicada de um nariz que nasce entre os olhos negros, equilibrados entre a testa lisa e longa, afilado, pouco empinado, discreto, terminando na proximidade dos lábios finos e róseos, nos cantos uma saudável ternura de ironia, esta mulher, tarântula que ouve o negro tocando sax e improvisa, com ele improvisa a noite de espera, com ele improvisa a noite de inquietação, com ele improvisa a noite de ansiedade na criação e na construção, na leve criação e na lenta construção da morte que se agita no sangue, no peito, no coração, sentada na poltrona de espaldar alto, confortável, o revólver deitado na coxa esquerda, agasalhado e protegido, na sonolência da ansiedade, na espera do assassinato, na luta pelo domínio do sono, tentando olhar.

O cavaleiro escorpião = a tarântula alada = as quatro cores

... via e vê... Alice não... quem via... Leonardo sim... quem via... Alice sim... vendo, a bela Alice via Leonardo vendo... sim, tarântula não parindo sim e não montada sim nas não quatro cores sim do arco-íris, não... a bela sim Alice não vendo sim o guerreiro, não... quem... sim, a espada não na mão sim tentando não matar sim o escorpião não celeste sim alado, não... sim, fugindo não...

A bala que corta o som, que substitui o espaço entre a poltrona e a cama, todo o espaço, reverberando nos móveis e no altar, a bala que seguirá em linha reta até o atingir o corpo da vítima embaixo do mosquiteiro, a bala que reparte a música negra, que preenche a solidão e o susto, sem sinuosidades nem curvas, a bala silenciosa e solitária permanece no revólver amparado pela mão em curva, a mão em concha, a mão curvando-se para dentro, a mão em arco, a mão em garra, fechando-se, o revólver dorme na mão encurvada, protegido pela saliência dos dedos, pela dobra dos dedos, pela curva dos dedos, o revólver pesado repousa na mão direita sobre a coxa esquerda, a coxa redonda e roliça, torneada, a coxa sem pêlos e lisa, redonda, roliça e torneada, a coxa depois do joelho cresce e carnuda, sem pêlos e redonda, roliça e torneada, que vai até a virilha brilhosa de ternura, afogando-se nos pêlos aromáticos, incenso, sândalo e rosa, aí cobrindo os grandes lábios viçosos e vermelhos, tarântula, aranha negra molhada e gostosa, fogosa e ingênua, delícia de rosa lúbrica ingênua, seguindo-se a coxa direita, ambas protegidas pelas nádegas, grandes e torneadas, abertas em V, atingindo os joelhos desnudos, joelhos lisos, joelhos leves, joelhos ternos, com rótulas macias, em curva até o início das pernas lisas e ternas, desprovidas de pêlos, cruzando-se em X, o calcanhar esquerdo sobre o pé direito. Quieta, não balança sequer o pé suspenso, protegido pela sandália de apenas duas correias encontrando-se no espaço entre o dedo grande e o médio, não sacode os pés, não sacode os dedos, não sabe a perna, esta mulher cujo colo brando, terno, carinhoso, agasalha a esperança da morte, a decisiva esperança da morte, a absoluta esperança da morte, que se encrespa na seda e na pele, procurando o instante em que o revólver se transformará em clarão, e se não fosse assim, abraçando-o, acarinhando-o, beijando-o, ele vive, ele existe, ele é, jamais teria a alegria de matá-lo, seria uma grande injustiça não poder assassiná-lo, ele vive, que bom, na pele ainda os dedos e o suor do marido, nos ouvidos o ruído agonioso da tesourinha cortando os cílios, devagar, muito devagar, no sangue o sonho do crime, o desejo do assassinato, a vontade da morte, diante do lustre apagado e do abajur aceso, no espaço da poltrona para a cama, a penumbra se adensa, o desejo e a vontade de atirar, de molhar as mãos com o sangue do amado, do para sempre amado, eternamente amado, daquele que dorme e em cuja veia escorre a antipatia, a ironia e a zombaria, amor intenso de quem conhece os segredos do coração humano, continua deitado sobre os lençóis alvos da cama, os travesseiros grandes e altos, sob as ramagens do mosquiteiro, as nuvens dos olhos, Leonardo não dorme, ele não dorme, ela pensa, ela não dorme, ele pensa, a coragem procurando a lucidez, a rosa lúcida, lúcida e lúdica, encanta-se, tremeluzem os olhos, continua deitado de costas, os olhos procurando o lustre apagado, procurando a abajur aceso, procurando o revólver mirado para ele, Alice mira, Alice aponta, Alice mira e aponta, e Leonardo com o sangue na boca, com o gosto de sangue na boca, com gosto e com o sangue na boca, com desejo, ele pensa na vontade de possuir o corpo vivo e moreno Alice, a agonia presa na garganta, o sangue esvaindo-se no interior das veias, do peito, do ventre, o choro nos lábios, perdendo-se na noite, beijando-a com leveza, com ternura, com afeto, beijando-a desde os peitos, desde os bicos arroxeados e duros, percorrendo o umbigo, beijando os pêlos, a tarântula e a aranha negra, percorrendo as coxas, percorrendo-a e beijando-a sempre, para o sempre, para o eterno, para o eternamente, os braços em cruz, tenta evitar o sono, cabeceia, procura a solidão na alvura da cama branca, os lençóis amarrotados, quentes, as mãos no travesseiro.

O escorpião sim alado não beija sim a tarântula sim

... vendo... via... vê... verá... vendo não Leonardo não via sim Alice não vê sim verá não o marido não guerreiro sim cavaleiro não o senhor sim da montaria não... sim, o não cavaleiro não... matava sim a tarântula não alada sim... mirando não sol sim e a chuva não descendo sim... sobre não as mulheres sim que não pariram sim... as quatro não cores sim do arco-íris não... sim... e...

Esta filha da puta me devora, Alice escandalosa e leviana, ela dorme nua, nem percebe e dorme nua, completamente e inteiramente nua, os peitos delicados e morenos, suspensos e morenos, dois montes de carne e beleza, dois belos montes de carne, dois montes de carne e de pele lisa, dois montes de carne leves e de peles lisas, dois belos montes de carne leves e peles lisas, tão completamente lisos quanto macios, tão completamente macios quanto lisos, tão completamente belos e lisos, os bicos arroxeados e duros, os bicos arroxeados e lisos, os bicos arroxeados e perfumados, esta filha da puta me devora, os pêlos aromatizados, incenso, sândalo e rosa, o mesmo cheiro que Alice trouxe na tesourinha para cortar os cílios, e o perfume que Alice carrega nas entranhas, nos peitos, no suor que escorre no busto, escorrendo no busto é que o suor desce por entre os peitos, escorrendo no busto é que o suor desce por entre os peitos e molha os bicos arroxeados e duros, os bicos arroxeados e lisos, os bicos arroxeados e perfumados, o suor descendo para o umbigo, o suor quente e doce descendo para o umbigo, o suor cálido e salgado descendo para o umbigo, o suor forte e denso descendo para o umbigo, o suor quente e doce e cálido e salgado e forte e denso correndo para o umbigo e para o ventre, descendo para o umbigo a língua que enxuga o suor cálido e doce, que revela o suor forte e denso, que mostra o suor salgado e quente, que esclarece o mistério da mulher sentada e nua, o longo robe verde de seda inteiramente arriado nas costas, o longo robe verde completamente dobrado na cintura, o longo robe verde de das inteiramente enfeitando a cintura, o longo robe verde de seda inteiramente descendo pelas nádegas, vigorosas e macias nádegas, encantadas e mornas nádegas, maravilhosas e sedentas nádegas, que conduzem o corpo para delícia da desordem, da desorganização, da desastrada louca dança de pernas e braços, movimento de ombros e quadris, balé de gestos e afagos, gemidos de agonia e gozo, gemidos de agonia e estertor, gemidos de alegria e dor, dança de gemidos e agonia, movimentos de alegria e pernas, balé de gozo e dor, que é com alegria e gemidos e dor que ela se oferece a tudo, para tudo e com tudo, mas Alice é irritante, irritante na pele, irritante na carícia, irritante nos movimentos, um único olhar de Alice é irritante, profundamente irritante, decisivamente irritante, com aqueles cabelos irritantes que deslizam ondulados, não muito ondulados, mas irritantes, não bem ondulados, porém irritantes, leves e ondulados, contudo irritantes, levemente ondulados, entretanto irritantes, aquela maravilha de beleza e aquela maravilha de dor, no entanto, irritantes, irritantes, irritantes. Com uma faca afiada cortando os pêlos aromatizados da rosa lúbrica, a tarântula beijando, com uma faca afiada cortando o umbigo suado e cheiroso, com uma faca afiada, muito bem afiada, afiadíssima, aliás, cortando e cortando os bicos arroxeados dos seios, com a perícia de minucioso artesão e exato artífice, na tarde do domingo, ela não esquece, na tarde do domingo cinzento, ela não pode esquecer, na tarde do domingo sisudo, na incrível e louca tarde do domingo em que nem exista ainda Deus, a mãe dizendo domingo é coisa sisuda, minha filha, e Leonardo repetindo, minha filha, os lábios são doces, minha filha, os lábios são doces e quentes, virgem de mel, os lábios são quentes e grossos, virgem de mel e fel, esta filha da puta, virgem quente e doce, esta filha da puta me devora, virgem filha da puta, virgem e virgem, me devora, tão completamente virgem e tão inteiramente puta, Leonardo acrescenta, sempre acrescenta, esta puta tão perdidamente virgem me devora. A tarântula no espelho.

O ESCORPIÃO BEIJA
A ROSA DA TARÂNTULA

11

MUDA de posição na poltrona, ajeita o longo robe de seda verde, amarrotado, que se aloja no ventre — leve e liso, cobrindo as pernas — longas e luzidias —, os peitos duros — túrgidos e tensos —, continuam à mostra, as mãos de veias azuis pousadas nas coxas — grossas e graves —, o revólver na mão direita, a cabeça arriada sobre o ombro esquerdo com ligeira inclinação para trás, testa larga sem rugas, marcada por sobrancelhas negras, os olhos sem cílios fechados, o nariz fino e sutil, queixo delicado e firme, os lábios tocando-se e dando a impressão de riso irônico, desenhando a maravilha de uma mulher que não apenas procura a felicidade — encontra a felicidade. Não perde a grave leveza de encanto e ternura.

Esta mulher nua?

esta mulher sentada — esta mulher? — esta mulher sentada com uma tarântula no peito ouvindo o sax — tarântula, uma tarântula? — esta mulher nua sentada com uma tarântula no peito ouvindo o sax do negro americano — esta mulher nua sentada? — esta mulher nua sentada na poltrona com uma tarântula no peito direito ouvindo o sax do negro americano que improvisa — esta mulher nua e sentada na poltrona com uma tarântula no peito? — esta mulher nua sentada na poltrona azul-escuro com uma tarântula no peito ouvindo o sax do negro americano que improvisa a noite atormentada do escorpião —

esta mulher nua sentada na poltrona azul-escuro com uma
tarântula no peito ouvindo o sax do negro americano? — esta
mulher nua sentada na poltrona azul-escuro com uma tarântula
que se move no peito apontando o revólver para o marido ouvindo
o sax do negro americano que improvisa a noite atormentada do
escorpião em sol maior — esta mulher nua sentada na poltrona
azul-escuro com uma tarântula que se move no peito ouvindo o
sax do negro americano apontando o revólver para o marido? —
esta mulher nua sentada na poltrona azul-escuro com uma
tarântula que se move no peito de bicos arroxeados duros
apontando o revólver para o marido ouvindo o sax do negro
americano que improvisa a noite atormentada do escorpião em
agitado sol maior de duas escalas — esta mulher nua sentada na
poltrona azul-escuro com uma tarântula que se move no peito
macio de bicos arroxeados duros apontando o revólver para o
marido que dorme ouvindo o sax do negro americano que improvisa
a noite atormentada do escorpião em agitado grave sol maior de
duas escalas uníssonas — esta mulher nua sentada na poltrona
azul-escuro com uma tarântula que se move no peito de bicos
arroxeados duros apontando o revólver para o marido que dorme
não dorme ouvindo o sax do negro americano? — esta mulher
nua sentada na poltrona azul-escuro com uma tarântula que se
move no peito macio de bicos arroxeados duros descendo pelo
ventre apontando o revólver pesado para o marido que dorme
não dorme ouvindo o sax do negro americano improvisando
criando a noite atormentada do escorpião em agitado grave sol
maior e dó menor de duas escalas uníssonas harmoniosas — esta
mulher nua sentada na poltrona azul-escuro com uma tarântula
que se move no peito macio de bicos arroxeados duros descendo
pelo ventre apontando o revólver para o negro americano
improvisando criando a noite atormentada do escorpião? — esta
mulher nua sentada na poltrona azul-escuro com uma tarântula
que se move no peito macio de bicos arroxeados duros descendo
pelo ventre pela coxa apontando o revólver pesado de cabo

niquelado para o marido que dorme não dorme ouvindo o sax do negro americano improvisando criando inventando a noite atormentada do escorpião em agitado grave tenso sol maior dó menor de duas escalas uníssonas harmoniosas integradas — esta mulher nua sentada na poltrona azul-escuro com uma tarântula que se move no peito macio de bicos arroxeados duros quentes descendo pelo ventre pela coxa pelos pêlos aromatizados apontando o revólver pesado niquelado para o marido que dorme não dorme vigia ouvindo o sax do negro americano improvisando criando inventando elaborando a noite atormentada do escorpião em agitado grave sol maior saindo para o dó menor de duas escalas uníssonas harmoniosas integradas renovadas? — esta mulher nua sentada na poltrona azul-escuro com uma tarântula que se move no peito macio liso de bicos arroxeados duros descendo pelo ventre pela coxa pelos pêlos aromatizados da rosa lúbrica apontando o revólver pesado niquelado preparado para o marido que dorme não dorme vigia cochila ouvindo o sax do confuso negro americano improvisando criando inventando elaborando acrescentando a noite atormentada do escorpião em agitado grave agudo sol maior saindo para o dó de duas escalas uníssonas semitonadas harmoniosas desafinadas integradas aceleradas renovadas — esta mulher nua sentada na poltrona de espaldar alto azul-escuro com uma tarântula que se move no peito macio delicado liso de bicos arroxeados duros descendo pelo ventre pela coxa pelos pêlos aromatizados da rosa lúbrica molhada apontando o revólver pesado niquelado preparado arrumado para o marido que dorme não dorme vigia cochila acorda ouvindo o sax do confuso límpido negro americano improvisando criando inventando elaborando acrescentando suprimindo a noite atormentada do escorpião

As pálpebras pesadas — o sono, apenas o sono, o mais irremediável sono, o mais absoluto sono, o mais denso sono. No mais irremediável sono e no mais absoluto sono, pretende o sonho, busca o sonho, quer o sonho, o mais denso sono. Ausenta-se:

agora só pretende amar por amor ao crime, única e exclusivamente por amor ao crime, viver sem viver, morrer sem morrer, viver por morrer, morrer por viver, deixar o mundo sem abandoná-lo, viver para matar, morrer para matar, matar para viver. Despojando-se de todas as outras vontades, delírios ou sensações, dominada pela verdadeira e decisiva determinação: amo matar, amo matar, amo matar. As palavras ajustando-se. Repetindo-as. Visualizando-as. Revolvendo-as.

Sentada, esta mulher nua com a tarântula?

Nua sentada esta mulher tão mulher — sentada? — nua sentada esta mulher com as lindas pernas abertas ouvindo o sax do negro americano tocando a noite atormentada do escorpião em sol maior saindo no acorde diatônico para o dó menor de duas escalas — nua sentada esta mulher tão mulher ouvindo? — nua sentada esta mulher tão mulher Alice na poltrona azul-escuro com as lindas pernas abertas ouvindo o sax agitado do negro americano tocando suprimindo a noite atormentada do escorpião em agudo sol maior saindo no acorde diatônico para o dó menor de duas escalas — nua sentada esta mulher tão mulher Alice na poltrona azul-escuro? — nua sentada esta mulher tão mulher Alice na poltrona azul-escuro de espaldar alto com as lindas pernas abertas expondo a tarântula ouvindo o sax agitado claro do negro americano tocando a noite atormentada do escorpião em sol maior saindo no acorde diatônico em bi para o dó menor de duas escalas uníssonas — nua sentada esta mulher tão mulher Alice na poltrona azul-escuro de espaldar alto com as pernas abertas expondo a tarântula bela ouvindo o sax agitado claro grave do negro? — nua sentada esta mulher tão mulher Alice na poltrona azul-escuro de espaldar alto confortável com as morenas pernas abertas expondo a tarântula linda ouvindo o sax claro grave límpido do negro americano tocando suprimindo acrescentando elaborando a noite atormentada do escorpião em sol maior saindo no acorde diatônico em si bemol para dó menor de duas escalas uníssonas semitonadas harmoniosas — nua sentada esta mulher tão mulher na poltrona azul-escuro de espaldar alto confortável aflita com as morenas lindas pernas encantadas abertas ouvindo o sax claro grave límpido agudo do negro americano tocando suprimindo acrescentando elaborando? — nua sentada esta mulher tão mulher Alice na poltrona azul-escuro de espaldar alto confortável aflita terna com as morenas pernas brilhantes abertas expondo a tarântula linda de pêlos aromatizados ouvindo o sax claro grave límpido agudo do negro americano tocando suprimindo acrescentando elaborando a noite atormentada do escorpião em sol maior saindo no acorde diatônico em bi menor para dó menor de duas escalas uníssonas semitonadas harmoniosas desafinadas em busca do abismo — nua sentada esta mulher tão mulher Alice na poltrona azul-escuro de espaldar alto confortável aflita terna com as morenas pernas brilhantes abertas belas abertas expondo a tarântula linda a aranha de pêlos aromatizados ouvindo o sax claro grave límpido agudo sofisticado do negro americano tocando suprimindo acrescentando elaborando inventando? — nua sentada esta mulher apaixonadamente tão mulher Alice na poltrona de espaldar alto confortável aflita tensa terna com as morenas pernas brilhantes abertas roliças expondo a inquieta tarântula linda de pêlos aromatizados a aranha ouvindo o sax claro grave límpido agudo solto do negro americano tocando suprimindo acrescentando elaborando inventando criando a noite atormentada do escorpião em sol maior saindo no acorde diatônico em bi menor para dó menor em duas escalas uníssonas semitonadas harmoniosas desafinadas integradas em busca do abismo interior que inventa a alma — nua sentada esta mulher apaixonadamente tão mulher Alice donzela na poltrona de espaldar alto confortável aflita terna tensa tranqüila com as morenas pernas brilhantes abertas roliças puras expondo a inquieta profunda tarântula linda de pêlos aromatizados a aranha negra ouvindo sax claro grave límpido agudo solto fechado do negro americano tocando suprimindo acrescentando elaborando inventando criando? — nua sentada esta mulher apaixonadamente tão mulher Alice tão donzela na poltrona de espaldar alto confortável aflita terna tensa tranqüila suada com morenas pernas brilhantes abertas roliças pura belas expondo a inquieta profunda perfeita tarântula linda de pêlos aromatizados a aranha negra ouvindo o sax claro grave límpido agudo solto fechado aberto do negro americano tocando suprimindo acrescentando elaborando inventando criando a noite atormentada do escorpião em sol maior saindo no acorde diatônico em si bemol para dó menor em duas escaladas uníssonas semitonadas harmoniosas desafinadas integradas desesperadas em busca do abismo interior que inventa a alma em permanente estado de purificação iluminada — nua sentada esta mulher apaixonadamente tão puta tão mulher Alice tão donzela na poltrona de espaldar alto confortável aflita terna

Só essa zanga esquisita de quem ama, não sossega, ela não sossega, esta mulher que sonha em abrir as franjas do mosquiteiro, tomada de alegria e de felicidade, um tiro de mágoa, de paixão, de agonia, sem pistas nem marcas sequer para ela própria. Os olhos acesos e a face torturada, ajeita-se na cadeira, quer carregá-lo pelos pés, pelas pernas, pelos pêlos, abobalhada de prazer nas ruas, no corredor, no quarto. Só essa zanga esquisita de quem ama, capaz de provocar riso, o outro se mastigando de impaciência. Corpo queixoso de mágoa esse de Leonardo, morto, sendo carregado pelas calçadas, ou meramente dormindo na cama e ela fazendo gato e sapato, sem lamento de morte, sem cheiro de morte, sem sombra de morte. Só zanga. Esquisita de quem ama. Tomada de alegria. E de felicidade.

Nua, a alma aflita, em desordem?

esta mulher Alice sempre sentada — Alice sempre — Alice esta mulher sempre sentada? — esta mulher sempre — esta mulher Alice sentada sempre em busca do abismo interior? — esta Alice sempre mulher — esta Alice sempre sentada em busca do abismo interior? — Alice esta mulher sempre — esta sempre mulher Alice sentada em busca do abismo interior que inventa a alma? — esta Alice sentada mulher sempre — Alice sempre esta sentada mulher em busca do abismo interior que inventa a alma em permanente estado? — sempre esta mulher Alice sentada — sentada Alice sempre mulher em busca do abismo interior que inventa a alma em permanente estado de purificação? — esta mulher sempre sentada Alice — sentada Alice sempre esta mulher — Alice sentada esta mulher em busca do abismo interior que inventa a alma em permanente estado de purificação iluminada? — mulher esta Alice sentada — sempre sentada esta Alice mulher em busca do abismo interior que inventa a alma em permanente estado de purificação iluminada escutando em sol maior? — Alice mulher esta sentada — esta mulher sentada Alice sempre em busca do abismo interior que inventa a alma em permanente estado de purificação iluminada escutando em sol maior improvisado e dissonante? — sentada esta Alice sempre — mulher Alice sentada sempre em busca do abismo interior que inventa a alma em permanente estado de purificação iluminada escutando em sol maior improvisado e dissonante em arpejos? — esta sentada mulher Alice — esta sentada Alice mulher em busca do abismo interior que inventa a alma em permanente estado de purificação iluminada escutando em sol maior improvisado e dissonante em arpejos e floreios? — mulher sempre Alice sentada em busca do abismo interior que inventa a alma em permanente estado de purificação iluminada escutando em sol maior improvisado e dissonante em arpejos e floreios a noite atormentada do escorpião? — Alice mulher esta sentada sempre — esta sentada Alice sempre mulher apontando o revólver em busca do abismo interior que inventa a alma em permanente estado de purificação iluminada escutando o sax do negro americano em sol maior improvisado e dissonante em arpejos e floreios a noite atormentada do escorpião dormindo sob o mosquiteiro — esta sempre Alice sentada mulher? — mulher sentada Alice sempre apontando o revólver para o marido em busca do abismo interior que inventa a alma em permanente estado de purificação iluminada escutando o sax do negro americano tocando em sol maior improvisado e dissonante em arpejos e floreios a noite atormentada do escorpião dormindo sob o mosquiteiro cercado de travesseiros? — Alice sempre Alice sentada apontando o revólver para o marido em busca do abismo interior que inventa a pesada alma em permanente estado de purificação iluminada escutando o sax do negro americano tocando em sol maior com variações em duas escalas improvisando e dissonante em arpejos e floreios a noite atormentada do escorpião dormindo sob o mosquiteiro cercado de travesseiros altos e espalhados? — sentada Alice sempre Alice esta mulher — mulher Alice esta sentada apontando sempre o revólver para o marido em busca do abismo interior que inventa a pesada e niquelada alma em permanente estado de purificação escutando o sax do negro americano tocando em sol maior com variações em dó menor em duas escalas improvisando e dissonante em arpejos e floreios a noite atormentada do escorpião dormindo e desmaiado sob o mosquiteiro de ramagens amarelas cercado de travesseiros altos e espalhados na cama? — esta sempre Alice esta sentada — sempre Alice esta sentada apontando o revólver para o marido com a tarântula no umbigo em busca do abismo interior que inventa a pesada e niquelada e forte alma em permanente estado de purificação escutando o sax do negro americano tocando em sol maior com variações em dó menor no acorde diatônico em duas escalas improvisando e dissonante em arpejos e floreios a noite atormentada do escorpião dormindo e desmaiado e desajeitado sob o mosquiteiro de ramagens amarelas cercado de travesseiros altos e espalhados na cama de lençóis alvos? — Alice esta sempre esta sentada — esta sentada sempre Alice nua apontando o revólver para o marido com a tarântula na coxa esquerda em busca do abismo interior que inventa a pesada e niquelada e forte e definitiva alma em permanente estado de purificação escutando o sax do negro americano tocando em sol maior com variações em dó menor no acorde diatônico de si bemol em duas escalas improvisando e dissonante em arpejos e floreios a noite atormentada do escorpião dormindo —

Ela sonha abismada e não sossegada, tranqüila, ela nua, dorme nua, completa e inteiramente nua, a tarântula aromatizada, incenso, sândalo, rosa, tomada de felicidade e alegria, agora dona do corpo de Leonardo, pelo menos sentindo-se, o escorpião dormindo sob as ramagens amarelas do mosquiteiro. Só essa zanga esquisita de quem ama, não balança sequer o pé suspenso, protegido pela sandália delicada, os dedos soltos, não movimenta os dedos, as unhas esmaltadas de vermelho, não sacode a perna. O sorriso de Alice dormindo entre a decisão e a coragem, entre a poltrona e a cama, entre o mosquiteiro e os lençóis, o sorriso de Alice tomada de felicidade e alegria, disposta a viver para matar, morrer para matar, matar para viver. Depois, os peitos arroxeados e duros — gozar, gozar, gozar.

12

AGORA, distraída, o sonho vem do sono, alcança a lembrança, o sonho quer, Alice imersa no sono e no sonho, Alice sonha: levanta-se da poltrona para celebrar a morte, pretende, pretende todo o tempo permanecer acordada, próxima do sol grotesco da vida, não quer o sono, não pretende o sono, não deseja o sono. Parada, os olhos cerrados, coloca a máscara no rosto, máscara de índia, máscara de feiticeira. É a Mãe do Vento. É a Mãe do Tempo. É Mãe do Sonho. A lembrança dentro do sono, mais lembrança do sonho, mais sonho do sono, mais sonho do que lembrança, é a Mãe do Vento, máscara tukúna no rosto, dança e baila e gesticula, quase de cócoras — é a Mãe do Tempo, máscara de índia tukana, sentada em si mesma, as pernas arqueadas, os braços imitam as asas do ar — é a Mãe do Sonho, máscara de feiticeira tukanana, segura o revólver na mão semelhante a uma maracá, agitando-o, girando-o, circulando-o. Eufórica, não deseja esquecer, agora que sonha, nunca esquecerá o domingo, é impossível, a tarde do domingo, não esquece, em que Leonardo chamou-a vem cá, ele vive, e agora chama-a, da vida para o sonho, do sonho para a vida, do sonho para o sonho, ele chama, está chamando, está querendo, Leonardo, abandonado e só, o esquisito travesseiro entre os joelhos, despojado na mansidão do sono, desmaiado sob as ramagens amarelas do mosquiteiro, o escorpião dorme. Preparada para a celebração da morte, em luta de pernas e braços, basta chamar vem cá, amorzinho.

O revólver de quatro cores: Alice atira?

uma mulher? — esta mulher esta Alice?... preto e vermelho... — esta Alice quem é? — uma mulher Alice? — esta mulher sentada? — esta mulher num arco-íris de quatro cores... preto e vermelho e amarelo... — é esta Alice apontando o revólver, quem? — é uma mulher Alice? — uma Alice sentada esta mulher num arco-íris de quatro cores?... preto e vermelho e amarelo e verde... — Alice quem é esta mulher? — Alice quem é esta mulher apontando? — quem? — Alice quem esta mulher apontando o revólver de quatro cores?... preto e amarelo... — para o escorpião? — Alice? — dormindo sob as ramagens amarelas — esta mulher? — esta mulher apontando o revólver de quatro cores para o escorpião... vermelho e verde... — o escorpião quem é? — apontando o revólver de quatro cores para o escorpião dormindo sob as ramagens amarelas do mosquiteiro? — quem é quem é? — Alice apontando o revólver? — esta mulher apontando? — apontando o revólver de quatro cores para o escorpião... verde e amarelo e vermelho e preto... — Alice esta mulher? — de quatro cores para o escorpião? — sentada no arco-íris? — dormindo sob as ramagens do mosquiteiro amarelo? — esta mulher Alice apontando? — esta Alice mulher sentada num arco-íris de quatro cores apontando o revólver de quatro cores para o escorpião... verde e vermelho... dormindo sob as ramagens amarelas... do mosquiteiro... vendo a tarântula... — quem é o escorpião quem é Alice? — apontando o revólver de quatro cores a tarântula no braço sentada no arco-íris de quatro cores para o escorpião... dormindo... sob as ramagens do mosquiteiro amarelo... verde e vermelho e preto e amarelo... vendo e olhando a tarântula linda... — uma mulher sentada? — uma mulher esta Alice sentada? — esta Alice uma mulher sentada num arco-íris de quatro cores? — uma Alice uma esta mulher sentada num arco-íris de quatro cores... — Alice sentada? —... apontando o revólver de quatro cores — uma mulher —... para o escorpião... verde e preto... — Alice sentada e apontando? —... dormindo sob as ramagens amarelas do mosquiteiro... vendo e olhando e sentindo... a tarântula no braço sentada no arco-íris de quatro cores... vermelho e amarelo e preto e verde... apontando o revólver de quatro cores... para o escorpião... — sentada e apontando o revólver esta mulher? — sentada Alice sempre sentada... — sentada? —... tão completamente nua... tão completamente inteira e tão inteiramente nua... a tarântula no braço... sentada num arco-íris de quatro cores — num arco-íris? —... apontando o revólver de quatro cores... amarelo e preto e verde e vermelho... — de quatro cores? —... para o escorpião... vermelho e amarelo... dormindo sob as ramagens amarelas do mosquiteiro... — ramagens amarelas? —... vendo e olhando e sentindo e cheirando a tarântula aranha negra entre as pernas... — vendo e olhando esta mulher? —... esta mulher Alice... tão completa... tão inteira... tão completamente nua e tão inteiramente nua... a tarântula no braço moreno... sentada nua num arco-íris de quatro cores... — sentada nua? —... apontando o revólver de quatro cores... verde e vermelho e preto e amarelo... — o revólver de quatro? —... para o escorpião dormindo sob as ramagens amarelas do mosquiteiro... vendo e olhando... e sentindo e cheirando a tarântula aranha negra rosa lúbrica... — vendo e olhando a tarântula esta Alice? — sentada esta Alice esta mulher nua... tão completa e tão inteiramente nua... a tarântula aranha negra no braço... — aranha negra? —... sentada num arco-íris de quatro cores... vermelho e vermelho... apontando o revólver de quatro cores... — o revólver de quatro atira? —... para o escorpião... preto e preto... — esta Alice para o escorpião? — dormindo sob as ramagens amarelas no mosquiteiro vendo e sentindo... olhando e cheirando... a tarântula a bela rosa lúbrica... de Alice esta mulher sentada num arco-íris... — a tarântula rosa lúbrica de Alice? —... de quatro cores apontando o revólver... — e atira Alice atira?... de quatro cores... verde e verde e amarelo e amarelo... tão completa... esta Alice... tão inteiramente nua... Alice... esta mulher... tão completa e inteiramente a tarântula no braço... para o escorpião dormindo sob as ramagens amarelas do mosquiteiro... — a tarântula no braço? —... vendo cheirando olhando cheirando sentindo cheirando a tarântula rosa lúbrica de Alice que inventa a alma... — inventa? —... em permanente estado de purificação iluminada... em busca do abismo interior — em busca do abismo? —... ouvindo o sax do negro americano tocando a noite atormentada do escorpião... — Alice atira? —... improvisando em sol maior... — tão completamente tarântula? —... em dó menor... — atira? —

O revólver mirado para ele, Alice mira, Alice aponta, Alice mira e aponta, Alice três vezes preparada para o crime, em linha reta permanente, uma linha só, da vida para a morte, Leonardo abandonado e só, Leonardo olha e vê, o revólver mirado, o destino traçado que será substituído e unido pela linha reta, Alice mira, Alice mascarada, é a Mãe do Vento, é a Mãe do Tempo, é a Mãe do Sonho, a bala percorrerá desde o revólver até o corpo, Alice aponta, máscara tukúna no rosto, Alice mira e aponta, máscara de índia tukana, Alice aponta e mira, máscara de feiticeira tukunana, Alice eufórica sentada em si mesma, pulando. Pára no meio do quarto, respira fundo, acumula todo o ódio no peito, o ódio com paixão, o ódio com ternura, o ódio com carinho, ama o sorriso irônico, ama a voz irada, ama a grosseria, ama a mentira. Sua, está suando muito, no sonho e na lembrança, ele assiste ao sonho, assiste ao sono, assiste à lembrança, assiste tudo, e percebe que ela sua, está suando muito, suando no sonho e suando na lembrança, precisa completar o exercício terreno-espiritual, não esquece o cansaço, não deixa de senti-lo, precisa ir adiante, precisa gastar as energias, e somente quando pensa em parar tem o revólver mirado para ele, Alice mira, Alice aponta, Alice mira e aponta, seja como for, precisa ir adiante, o ódio nina, nina o ódio, nina a paixão de apontar o revólver para o marido, do sonho para a vida, o revólver mirado, mirado e apontado, o revólver mira.

Alice vê, Leonardo olha. A tarântula e o escorpião na agonia.

... tão lúcida bela a mulher rindo — a mulher bela rindo? — ... sentada, sempre sentada, leviana, as ramagens vermelhas do mosquiteiro... — a bela mulher rindo sentada leviana? —... sempre sentada, sentada e rindo, a mulher vigiando o escorpião de quatro cores dormindo nas ramagens pretas do mosquiteiro... — tão lúcida sentada sempre a mulher leviana? —... sempre rindo e sempre sentada a bela mulher, leviana, vigiando as ramagens amarelas do mosquiteiro, ouvindo o negro tocando no sax a noite atormentada do escorpião... — rindo leviana a mulher bela vigiando? —... vigiando as levianas ramagens verdes do mosquiteiro, ouvindo o negro tocar no sax a noite atormentada do escorpião, a bela mulher sempre sentada rindo... — sempre bela e sempre leviana a mulher? —... ouvindo, a bela mulher sempre sentada, o negro tocando no sax a noite atormentada do escorpião, vigiando o escorpião de quatro cores... — a mulher rindo e sentada vigiando o negro? —... vigiando, o negro tocando a noite atormentada do escorpião no sax, tão lúcida, sempre sentada a mulher leviana... — leviana tão lúcida a mulher sentada sempre vigiando ouvindo o escorpião de quatro cores? —... tão lúcida a mulher leviana, sempre sentada, rindo, vigiando as ramagens vermelhas e pretas do mosquiteiro, ouvindo o sax do negro tocando a noite atormentada do escorpião, a rosa lúbrica compondo a tarântula aromatizada... — tão mulher tão lúcida tão ouvindo o sax do negro vigiando? —... leviana, vigiando, ouvindo, acompanhando sax do negro tocando a noite atormentada do escorpião, a rosa lúbrica compondo a tarântula aromatizada nos belos seios, lisos... — vigiando o negro a mulher leviana sentada sempre sentada na poltrona de espaldar alto com a tarântula perfumada? —... a tarântula perfumada e aromatizada da bela mulher na boca, sentada, sempre sentada na poltrona de espaldar alto, o arco-íris de quatro cores, ouvindo o sax do negro americano tocando a noite atormentada do escorpião de quatro cores... — sempre sentada a tarântula perfumada e aromatizada na boca? —... na boca, sentada e perfumada, na boca a tarântula perfumada e aromatizada, beijada, sempre beijada, delícia, ouvindo o negro do sax tocando a noite atormentada do escorpião de quatro cores na sombra do seu sorriso, o arco-íris de quatro cores... — sentada e perfumada a bela mulher leviana compondo soluços com a tarântula aromatizada perfumada cheirosa nos belos seios lisos e doces? —... a bela mulher, sempre sentada, aromatizada, perfumada e cheirosa na num arco-íris de quatro cores, a poltrona azul-escuro de espaldar alto, ouvindo o sax do negro americano tocando a noite do seu sorriso, na sombra do escorpião de quatro cores, o povo do arco-íris compondo soluços... — sempre tão bela a mulher sentada compondo soluços na noite do seu sorriso atormentado com o povo do arco-íris? —... sempre aromatizada e sempre perfumada, sempre perfumada e sempre cheirosa, a tarântula sempre beijada, sempre beijada e sempre leviana, delícia, ouvindo e vigiando o escorpião de quatro cores dormindo sobre as ramagens verdes do mosquiteiro, ouvindo o sax do negro americano tocando e improvisando a noite atormentada do escorpião, compondo soluços na poltrona azul-escuro de espaldar alto, confortável, a rosa lúbrica entre as pernas abertas do sono... — tão bela sempre leviana e bela a mulher completamente sentada e inteiramente nua sentada na poltrona do arco-íris compondo soluços no sax do negro tocando? —... delícia, a tarântula no busto da bela mulher, sentada leviana, inteiramente leviana, completamente leviana, na poltrona azul-escuro, vigiando o escorpião dormindo, deitado, desleixado, sob as ramagens do mosquiteiro, na cama de travesseiros altos e alvos, espalhados, ouvindo a noite atormentada do escorpião, no sax do negro americano, improvisando em sol maior... — leviana e bela a mulher vigiando o escorpião sempre sentada a tarântula aromatizada nos peitos compondo soluços na poltrona azul-escuro de espaldar alto e confortável? —... a delícia da tarântula aromatizada e perfumada, cheirosa e gostosa, leviana e bela, bela e leviana, leviana e cheirosa, leviana e perfumada, aromatizada e bela, a mulher rua, tão bela, sentada no arco-íris de quatro cores, a poltrona de espaldar alto, confortável e aflita, compondo soluços, e ouvindo o sax do negro americano, tocando a sombra do seu sorriso, o povo do arco-íris, a noite atormentada do escorpião sob as ramagens vermelhas e pretas, amarelas e verdes, cobrindo a tarântula entre as pernas, a bela... —

O revólver não mais no colo, o revólver agasalhado e protegido, o revólver na mão, o revólver no sonho, o revólver no sono, o revólver na lembrança, entre a decisão e a coragem, exibição de pernas e braços, entre a decisão e a vontade, exibição de músculos e quadris, entre a decisão e a decisão, beijando-o com leveza, beijando-o com ternura, beijando-o com paixão, a face torturada, o revólver na mão e os olhos acesos, Alice sente o ódio terno que precisa ser alimentado com flores e guaranás, roseira no jardim pedindo piedade de água e estrume. É a Mãe do Vento, puta e donzela, é a Mãe do Tempo, leviana e bela, é a Mãe dos Sonhos, preparando-se para atirar, agora acumulando todo o ódio no peito, gemidos de agonia e gozo, acumulando todo o ódio com paixão, gemidos de estertor e dor, acumulando todo o ódio com amor, gemidos de prazer e sofrimento, todo o ódio do revólver mirado para ele, Alice mira, Alice aponta, Alice mira e aponta, aponta para Leonardo saindo nu do banheiro. E enquanto ele enxuga os cabelos, mira Alice, Alice tão frágil e desprotegida, desprotegida e nua, tão terna e tão nua, o ventre suave, os pêlos criando a bela rosa lúbrica, a rosa lúbrica e macia, a rosa lúbrica e delicada, bela, macia e delicada. Mira e aponta, transpirando beleza e sentada com as pernas abertas no sofá, deseja, mais do que deseja, levanta-se, mais do que se levanta, anda, agora precisa acender o incenso no altar de bruxa. Para evitar o cheiro de sangue. De sândalo e de rosa. O revólver mirado. Leonardo observa na nuvem dos olhos.

A tarântula caça o escorpião caça a tarântula caça o escorpião

... Alice no quarto aflita e reles, tão leviana e bela, apontando o revólver para ele que dorme...: o corpo de êxtase espiritual a serpente celeste: — a silenciosa Alice apontando o revólver para Leonardo dormindo e atira, não atira? —: a escada de sete cores, o carneiro alado: —... tão leviana e bela, Alice apontando o revólver atira não atira para ele que dorme no quarto embaixo do mosquiteiro...: o corpo de êxtase espiritual a serpente celestial nefasta: — Alice silenciosa dormindo, atira não atira em Leonardo que dorme no quarto embaixo das ramagens do mosquiteiro?: — a escada de sete cores, o carneiro alado mijando:... tão aflita e tão reles, bela e leviana, Alice atira, não atira nele que dorme no quarto embaixo das ramagens do mosquiteiro, na cama alva de travesseiros altos...: o corpo de êxtase espiritual a serpente celeste com a rosa lúbrica: — silenciosa e dormindo Alice atira não atira em Leonardo que dorme na cama alva de travesseiros altos espalhados sob as ramagens amarelas do mosquiteiro? —: a escada de sete cores, o carneiro alado mijando na rosa:... tão leviana e tão bela, Alice no quarto, aflita e reles, apontando o revólver para ele, atira, não atira, que dorme embaixo das ramagens vermelhas do mosquiteiro, na cama alva de travesseiros altos, de lençóis brancos...: o corpo de êxtase espiritual a serpente celeste nefasta com a rosa lúbrica a tarântula: — Alice silenciosa dormindo e não dormindo na poltrona de espaldar alto no quarto atira não atira no marido Leonardo que dorme não dorme embaixo das ramagens verdes do mosquiteiro na cama alva de travesseiros altos de lençóis brancos e ouvindo o negro americano tocando sax? —: a escada de sete cores, o carneiro alado mijando na rosa lúbrica:... tão aflita e linda, tão leviana e reles, Alice, sinceramente bela, na poltrona de espaldar alto, confortável, dormindo e não dormindo, apontando e não apontando, atira, não atira, o revólver para ele que dorme, não dorme, na cama alva de travesseiros altos e lençóis brancos, embaixo das ramagens pretas do mosquiteiro, ouvindo o saxofone tocado pelo negro americano a noite atormentada do escorpião... —: no corpo de êxtase espiritual a serpente celeste nefasta com a rosa lúbrica a tarântula linda: — dormindo e não dormindo a silenciosa Alice atira não atira na poltrona de espaldar alto no quarto o marido Leonardo dormindo e não dormindo na cama alva de lençóis brancos travesseiros altos embaixo das ramagens verdes do mosquiteiro e ouvindo a noite atormentada do escorpião tocada pelo negro americano? —: a escada de sete cores, o carneiro alado mijando na rosa lúbrica, na tarântula linda, docemente enfeitada com o arco-íris:... tão reles e linda, tão aflita e leviana, Alice reles dormindo e não dormindo, sinceramente bela e verdadeiramente bela, apontando e não apontando o revólver de quatro cores, na poltrona de espaldar alto, confortável, atira, não atira nele o revólver de quatro cores, que dorme, não dorme, embaixo das ramagens vermelhas do mosquiteiro, ouvindo a noite atormentada do escorpião, na cama alva de lençóis brancos, os travesseiros altos... — o corpo do êxtase espiritual, a serpente celeste nefasta silenciosa e dormindo não dormindo atira não atira Alice apontando e não apontando o revólver de quatro cores para Leonardo o marido que dorme não dorme ouvindo o sax do negro americano tocando e não improvisando a noite atormentada do escorpião embaixo das ramagens amarelas do mosquiteiro na cama alva de travesseiros altos os lençóis brancos? — a escada de sete cores, o carneiro alado mijando na rosa lúbrica, na tarântula linda, docemente enfeitada com o arco-íris, tão reles e tão linda, tão bela e tão leviana, apontando e não apontando o revólver de quatro cores, tão sinceramente bela, tão verdadeiramente bela, tão aterradoramente bela, Alice dormindo e não dormindo, atirando e não atirando nele que dorme, não dorme, embaixo das ramagens pretas do mosquiteiro, na cama alva de lençóis brancos, ouvindo o saxofone tocado pelo negro americano em a noite atormentada do escorpião... — o corpo de êxtase espiritual, a serpente celeste nefasta com a rosa lúbrica a tarântula linda não dormindo dormindo Alice não atirando na poltrona de espaldar alto atirando não atirando o revólver de quatro cores para Leonardo e marido que dorme não dorme na cama alva de lençóis brancos ouvindo a noite atormentada do escorpião tocada improvisada não tocada pelo negro americano embaixo das ramagens verde nos travesseiros altos? —...

E enquanto ele enxuga os cabelos, Alice mira — mira tão completamente, tão sinceramente, tão verdadeiramente, Alice mira e aponta o revólver, acendendo o incenso no altar da bruxa, que ela mesma levantou no quarto para orações e promessas. Os peitos duros — túrgidos e tensos — continuam à mostra, as mãos de veias azuis pousadas nas coxas — grossas e graves —, a arma que se aloja no ventre — leve e liso —, Leonardo vê os peitos, as mãos, o ventre, ela agora acendendo o incenso, as pálpebras pesadas, o sono, apenas o sono, o mais irremediável sono, absoluto sono, o mais denso sono, teme o fogo, mais cheiro do que fogo, mais fogo do que cheiro, mais cheiro além do fogo, leve toque do fósforo, a brasa acesa, e apagada, tão logo apagada, tão rápido apagada, tão ligeiro apagada, um relâmpago de susto, mas teme, Leonardo teme, mais o fogo do que a bala, mais a bala do que o fogo, mais o fogo do que a bala juntos. Sobre as ramagens do mosquiteiro e sob as nuvens dos olhos, a vigília evitando o sono, Leonardo não dorme, ele não dorme, ela acende o fósforo, ela não dorme, e depois o incenso, e em seguida o incenso, e por fim o incenso, cuja fumaça se espalha — impregnando as paredes, impregnando os lençóis, impregnando o quarto. Impregnando, sobretudo, o som do sax-tenor do negro americano tocando a noite atormentada do escorpião. É possível que ele veja a mulher se dissolvendo nas ramagens, por trás do mosquiteiro, a tarântula sorrindo, não será a primeira vez.

13

NÃO absolutamente não conseguia apagar o fogo — não absolutamente não conseguia absolutamente apagar o fogo — não absolutamente não conseguia absolutamente apagar absolutamente o fogo — não absolutamente não conseguia absolutamente apagar absolutamente o fogo não absolutamente não — não absolutamente não — e combatia — combatia o fogo sem chama — fogo inicial transformado em buraco — o fogo correndo pelas bordas — alargando-se — estendendo-se — cheirando-se — cheirando-se? — duplo cheiro — de incenso e de seda — de seda rota — de seda rasa — de seda roxa — o buraco no lenço onde queima o fogo — onde queima o incenso — onde queima a chama — onde a chama queima — eis que Alice começa a perceber — antes apenas um lenço — em seguida o lenço tem uma cor — agora o lenço que tem uma cor — o lenço que tem não apenas uma cor — um lenço roxo — o lenço tem uma cor — não um simples lenço — um mero lenço — um apenas lenço — tem uma cor — é roxo — ou era roxo? — como é mesmo que se diz? — como era mesmo que se dizia? — como era mesmo que se diz? — ou assim — como se diz — sem o verbo — ou é ou era — como era um simples lenço — um mero lenço que se dizia — faz sentido — um lenço — um lenço roxo — um lenço roxo queimado — um lenço roxo que foi queimado — um lenço roxo que está sendo queimado — um lenço roxo sendo queimado — um lenço roxo que está sendo queimado pelo incenso — um lenço roxo que está sendo queimado pela brasa do incenso

136

que caiu do candelabro — um lenço roxo que está sendo queimado pela brasa do incenso que caiu do candelabro sobre o altar da bruxa — um lenço roxo que está sendo queimado pela brasa do incenso que caiu do candelabro sobre o altar da bruxa no quarto de Alice — um lenço roxo que está sendo queimado pela brasa do incenso que caiu do candelabro sobre o altar da bruxa no quarto de Alice e de Leonardo dormindo — um lenço roxo que está sendo queimado pela brasa do incenso que caiu do candelabro sobre o altar da bruxa no quarto de Alice que aponta o revólver para o marido Leonardo dormindo desprotegido — um lenço roxo que está sendo queimado pela brasa do incenso que caiu do candelabro sobre o altar da bruxa no quarto de Alice que aponta o revólver para o marido Leonardo dormindo desprotegido despreocupado na cama com carrinhos de corrida de brinquedo — um lenço roxo que está sendo queimado pela brasa do incenso que caiu sobre o altar da bruxa no quarto de Alice que aponta o revólver para Leonardo dormindo desprotegido despreocupado demente na cama com carrinhos de brinquedo que sonha que está dormido desprotegido despreocupado demente decaído na cama do quarto de Alice que aponta o revólver para ao marido Leonardo dormindo desprotegido despreocupado demente decaído deveras na cama com os carrinhos de corrida de brinquedo sonhando na cama do quarto de Alice que aponta o revólver para o marido dormindo despreocupado desprotegido demente decaído deveras delicado na cama com os carrinhos corrida de brinquedo onde ela praticava exercícios de auto-ajuda e acendeu o incenso que caiu do candelabro sobre o altar no quarto de Alice que aponta o revólver para o marido Leonardo dormindo desprotegido despreocupado demente deveras delicado demorado na cama com os carrinhos de corrida de brinquedo onde ela praticava exercícios de auto-ajuda e acendeu o incenso que caiu no lenço roxo que está sendo queimado pela brasa do incenso que caiu do candelabro sobre o altar no quarto de Alice que aponta o revólver para o marido Leonardo dormindo desprotegido despreocupado desprotegido demente decaído deveras delicado demorado na cama com os carrinhos de corrida de brinquedo onde ela praticava exercícios de auto-ajuda e acendeu o incenso que caiu no lenço roxo — um lenço roxo — compreende? — compreendes? — compreenderás? — um lenço roxo começa um lenço roxo continua um lenço roxo fecha — frase ferida fechada — um redemoinho — abrindo-se fechando-se abrindo-se — fechando-se abrindo-se fechando-se — e abrindo-se e fechando-se e abrindo-se — um lenço roxo para um lenço roxo — e mais um lenço roxo para um lenço roxo — e ainda um lenço roxo para um lenço roxo — infinitas possibilidades — círculo circular circula — parecendo amor a Roma — que rei seria se rei não serás? — e falando com a boca cheia — fôfa fofa a farinha fôfa fofa a farinhada fofa — e ela escutava a mãe no dia em que as duas comemoraram o casamento de Alice com Leonardo dizendo lá em cima daquela serra tem uma arara loura, arara loura falará?, fala arara loura, e pedindo, quase implorando, repete, minha filha, vai, minha filha, repete, ligeiro, bem ligeiro, a mãe dizia, foi ficando velha e louca, e louca safada, bem safada, implorando na lua de mel você canta na entrada do quarto, na hora em que ele trocar de roupa, se tira linho de Paulinho, Paulinho sem linho, se tira pau de Paulinho, Paulinho fica em pau, e gritando no pé do ouvindo para ele ouvir bem ouvido, a aranha arranha a jarra e a jarra arranha a aranha, mais rápido do que imediatamente, num ninho de mafagafes com quatro mafagafinhos dentro quanto mafagafes há?, talvez, quem sabe, não é, minha filha?, ele respondendo são três tristes tigres comendo trigo no trigal, ou são três espertos escorpiões comendo três tristes tarântulas no chão, travando língua, festejando ligeiro, minha filha, ligeiro, e nessa hora ela, a filha, tinha levado a primeira surra monumental de Leonardo, os lábios arrebentados, o olho direito sangrando, gritando o palíndromo, socorram-me subi no ônibus em Marrocos, não é, minha filha?

O fogo fogueia o fósforo que fofa a farinha fôfa? — ou o fósforo fogueia o fogo que fofa a farinha fofa, fogeada no fogareiro do fósforo fofo? — fofa fósforo — fofa fogo — fofa no fogareiro fogo? — o fogo precisa de chama para queimar? — o fogo precisava de chamas para queimar? — o fogo precisaria de fósforo para queimar a chama? — Alice preocupada e deslumbrada com o fogo — o fogo levantando o fogo — o fogo alegrando o fogo — o fogo queimando o fogo — o fogo levantando o fogo alegrando o fogo queimando o fogo — e ela deslumbrada — desejando apagá-lo — e não apagá-lo — por isso ao invés de apagá-lo apegou-se — desejou guardá-lo — o fogo que queima o fogo — o fogo que queima o lenço — o lenço queimado — o fogo abrindo o buraco — o lenço abrindo o buraco — o fogo que desmente o fogo — sem chamas é buraco não é fogo — o fogo que alegra o fogo — a alegria de ver o fogo — deslumbrada — que se enfeitiça com o fogo — que se enfeitiça com o fogo — enfeitiçada — potencialmente deslumbrada — potencialmente enfeitiçada — que se enfeitiça pretendendo guardar o fogo — logo joga no corpo toda a água de colônia — derramando toda a colônia — derramando toda a colônia no corpo — derramando toda a água de colônia no corpo nu — descobre o cheiro — o encantado cheiro — o maravilhoso cheiro — descobre? — sente — sentiu — sentiu o cheiro — não vê o cheiro — sente o cheiro — sentia o cheiro — no mais próximo: sente o cheiro — no mais distante: sentia o cheiro — no futuro: sentirá o cheiro — sente sentiu sentirá — quem com o cheiro, cheira, com o cheiro será cheirado — disposta a permanecer nua — inteira nua completa nua — inteiramente nua completamente nua — completa nua inteiramente — inteira nua completamente — completamente e inteiramente — nudez em que a carne parece festejar — tão saudável e inquieta fica — amor que fica é amor de pica — fica e pica e pica e fica — tão linda a beleza nua se lambuzando nas carnes perfumadas — linda — tão saudável e inquieta fica tão linda a beleza nua se lambuzando mas carnes perfumadas — linda

— apenas linda — linda — mais do que linda, mais que mulher, ouvia na distância do tempo, na pura recordação, a mãe cantando no outro dia em que foram ao médico, pensava que estava grávida e depois o médico anunciando não, não estava não — essa beleza deslumbrante de mulher — essa beleza tão saudável e inquieta fica tão linda a beleza nua se lambuzando nas carnes essa beleza deslumbrante de mulher — essa beleza tão saudável e inquieta fica tão linda a beleza nua se lambuzando nas carnes essa beleza deslumbrante de mulher essa beleza — e esvazia a água de colônia — e esvazia a água de colônia jogada no corpo — e esvazia a água de colônia jogada no corpo nu — e esvazia o vidro — e esvazia o frasco — e esvazia a garrafa — desocupa o vidro o frasco a garrafa — e vai ao banheiro — e cuida de lavar o vidro — e cuida de lavar o frasco — e o cuida de lavar o recipiente — e cuida de lavar o vidro com a mansidão das mãos — e cuida de lavar o frasco com a leveza dos dedos — e cuidar de lavar a garrafa com a leveza da pele — com as mãos — com os dedos — com a pele — e com a água — e com o sabão — e com a espuma — com as mãos e água — com os dedos e sabão — com a pele e espuma — e fica cheirosa — e fica cheirosa e gostosa — e fica gostosa e cheirosa — tanto cheirosa quanto gostosa — tanto gostosa quanto cheirosa — e deslumbrada — deslumbrada cheirosa gostosa — gostosa deslumbrada cheirosa — gostosa cheirosa deslumbrada — para que lavou o vidro? — para que lavou o frasco? — para que lavou a garrafa? — quer guardar o fogo — quer reter o fogo — quer eternizar o fogo — quer guardar o fogo no vidro — quer reter o fogo no frasco — quer eternizar o fogo na garrafa — o fogo — rindo — ela está rindo — o fogo — sorrindo — ela está sorrindo — o fogo — gargalhando — ela está gargalhando — rindo satisfeito sorrindo alegre gargalhando feliz — ela está satisfeita — ela está alegre — ela está feliz — e onde havia fogo agora é só buraco — fogo de borda — fogo de margem — fogo de beira — o fogo à margem — o fogo marginal — o fogo acidental — o fogo sobe — o fogo de borda sobe — o fogo à margem se levanta — o fogo

acidental se ergue — a língua de fogo cresce — a língua do fogo
lambe — a língua do fogo beija — a língua do fogo se lambuza
— a língua de fogo cresceu — no passado — a língua de fogo
cresceria — no condicional — a língua de fogo cresce — no futuro
— a língua de fogo crescendo — no gerúndio — cresce cresceu
— cresce cresceria — cresce crescerá — cresce crescendo — crês
que cresceu? — crês — crês crescendo que cresce? — crês que
crês — crês crescendo que cresceu? — crês que crês que crês —
crês crescendo que cresceria? — crês que crês que crês que crês —
crês crescendo que crescendo? — no mais exato — presente —
no mais afirmativo — passado — no mais decisivo — cresceria
— no mais eloqüente — crescendo — o fogo crescendo no altar
da bruxa — vou lhe contar o folheto, minha filha, da mulher que
prendeu o fogo na garrafa, a mãe dizia, e as duas estavam sentadas
em cadeiras de balanço da sala de visitas, o oco da tarde se
alastrando pela cidade — e ela tentando envidraçar o fogo —
mais deslumbrada — mais deslumbrada ainda — muito mais
deslumbrada ainda — as chamas crescem — as chamas se
espalham — as chamas crescendo — ela grita de prazer — ela
grita de alegria — ela grita de felicidade — ela grita: os dedos
ardem — ela grita: os dedos doem — ela grita: os dedos queimam
— os dedos ardem e doem — os dedos ardem e queimam — os
dedos ardem e ardem — é preciso eternizar o fogo — é preciso
eternizar o prazer — é preciso eternizar a alegria — é preciso
eternizar a felicidade — pode uma mulher viver só de prazer? —
pode uma mulher viver só de alegria? — pode uma mulher viver
só de felicidade? — pode não pode? — pode — não pode —
pode? — quem pode pode quem não pode fode — poder
podendo pode — poder podendo fode — pode podendo fode —

Alice afasta os panos — os panos e os lenços — os materiais e
os panos — faz um círculo — pretende o fogo só para ela —
apenas para ela — somente para ela — uma mulher nua que se
debate com o fogo — uma mulher nua que se debate com as

chamas — uma mulher nua que se debate nas chamas — chamas que cheiram — chamas que perfumam — chamas que incensam — cheira a chama — cheira o incenso — cheira o fogo — e ela tenta proteger o fogo com as mãos — com as próprias mãos feito houvesse outras — com os dedos em concha — com as mãos em concha — com os braços em concha — ri sozinha — caminha sozinha — anda sozinha — ri sozinha e caminha sozinha — e ri sozinha e caminha sozinha e anda sozinha — e dança sozinha — e ri e sozinha e caminha e sozinha e dança e sozinha — fala sozinha — fala dos solitários — fala dos marginais — fala dos à margem — a fala dos marginalizados felizes — a fala dos marginalizados sozinhos — a fala dos felizes — não — não absolutamente — absolutamente não — não — não absolutamente não consegue sustentar o fogo — não absolutamente não consegue sustentar o fogo entre os dedos — não absolutamente não consegue absolutamente sustentar o fogo entre os dedos para prendê-lo no frasco — não absolutamente não consegue jamais absolutamente sustentar o fogo entre os dedos para prendê-lo no frasco eternizando-o — não absolutamente não consegue absolutamente jamais sustentar absolutamente o fogo absolutamente entre os dedos para prendê-lo no frasco absolutamente eternizando-o — não absolutamente não consegue absolutamente jamais sustentar absolutamente o fogo absolutamente entre os dedos absolutamente para prendê-lo absolutamente no frasco absolutamente eternizando-o — não absolutamente não consegue absolutamente jamais absolutamente sustentar absolutamente o fogo absolutamente entre os dedos absolutamente para prendê-lo absolutamente no frasco absolutamente eternizando-o absolutamente — não — absolutamente — não absolutamente — não absolutamente não.

14

A TARÂNTULA sorrindo, ele vê, Leonardo o marido dormindo vê: Alice deseja se levantar, Alice deseja e se levanta, Alice deseja, um vulto que vence a noite, vence a noite e vence a dor, a mulher se dissolvendo nas ramagens, por trás do mosquiteiro, a tarântula sorrindo, a vítima se oferece inteira, tão completamente inteira, tão frágil e de tal forma desprotegida, que se arrepia, o colo brando, terno, carinhoso, e o desejo, Alice pensa na vontade de possuir o corpo vivo de Leonardo — é preciso matá-lo, é preciso matá-lo, é preciso, a agonia presa na garganta, o sangue esvaindo-se das veias, do peito, do ventre, o choro nos lábios, o soluço perdendo-se na noite, sente frio, maneja as mãos, afasta o mosquiteiro. Dormindo, Leonardo o marido que dorme, mais do que vê, não apenas vê, muito mais do que observa, não apenas observa, Leonardo o marido sente, o suor poreja o rosto, ela quer manter as mãos sobre ele, uma no peito, outra nas pernas, a presa que não se agita, que não se altera, que não se move, o uivo, poderia uivar, uivaria na mata escura, triste e vazia, a alma torturada, a boca escancarada, uivando, ela também escura, triste e vazia, e a face se acalma, os olhos fecham, os cílios ausentes, tentando encontrar a luxúria das luzes, da iluminação farta, da farta luxúria das luzes, da iluminação farta da luxúria, Alice inventa o sax do negro americano que toca a sombra do seu sorriso, com a certeza de que a morte, igual a um abajur aceso, cavalgando no lustre apagado, e atravessando as sombras densas, está a caminho, e passando, finalmente, pela porta fechada, para alimentar o gosto de sangue sobre o corpo de Leonardo, bicando o coração amargo, sem precisar cortar a pele e as carnes, que é a melhor maneira matar sem ofender o corpo. Na verdade, entretanto, ele sente, sente o frio da morte percorrendo o espaço entre a poltrona e a cama, posicionando-se no revólver que ameaça repartir a música negra que preenche a solidão e o susto, a bala cortando o som, reunindo pedaços de lembranças e que se concentrarão no coração a vítima, ele sente, e ele sente com a paixão que ama a antipatia, com a ternura que ama o sorriso irônico, com o carinho que ama a voz irada, com a meiguice que ama a grosseria, com o afeto que ama a mentira, com o amor que ama o amor, abre os olhos, agora na vera, agora na verdade, agora na verdadeira — abre os olhos, parece surpresa, parece encantada, parece agradecida: ele, o marido, Leonardo o marido que dorme, está ali na cama, esquisitamente embaixo do mosquiteiro, dominado pelas franjas, pelas nuvens, pelas ramagens, expondo-se cru e nu, pode abraçá-lo, acarinhá-lo, beijá-lo. E agradecer, aquele marido desprotegido, tão marido aquele homem insistindo vem cá, meu amor, vem cá amorzinho, vem cá, era mesmo aquele marido, igual a este homem, semelhante a este homem atravessando o terraço com trepadeiras entrançadas, subindo nas pilastras, cheirando, a donzela ajoelha diante do guerreiro e do cavaleiro, o carneiro alado e do escorpião. Leonardo sente a tarântula sorrindo.

A mulher aflita e nua. A mulher sentada. A mulher na cama.

... uma mulher sentada... — uma mulher sentada aflita? —... uma mulher sentada aflita e bela... — uma mulher sentada aflita e bela na cama? —... uma mulher sentada, aflita e bela, na cama sob as ramagens... —... uma mulher nua sentada aflita e bela na cama sob as ramagens do mosquiteiro? —... uma mulher nua, sentada, aflita e bela, na cama sob as ramagens do mosquiteiro onde o marido dorme...

Alice se esforça para manter o sonho, o desejo e a vontade de atirar, de molhar as mãos no sangue do amado, do para sempre amado, do eternamente amado, Alice esta mulher nua, sentada, aflita e bela, na cama de lençóis alvos, a tarântula nos seios, sob as ramagens vermelhas do mosquiteiro, onde o marido dorme, expondo-se cru e nu, o escorpião entre as pernas, na pele os dedos e o suor do marido, este marido, ele está sorrindo, o belo sorriso de antipatia, o lindo sorriso de ironia, o magnífico sorriso de zombaria, devagar, muito devagar, os dedos, e no sangue o sonho do crime, o desejo do assassinato, a vontade da morte, o sorriso abre-se, mais ainda abre-se, para acalentar o sono e o sonho, o sono e a lembrança, o sonho e a lembrança, para espalhar o dia da alegria, para celebrar o encantado, para comemorar o maravilhoso, desde o momento em que ele saiu do banheiro, exibindo a nudez, passando desodorante, perfumando-se, a toalha branca enrolada na cintura, o peito descoberto, à semelhança de quem se prepara para a luta de amor: luta sangrenta, combate desesperado, batalha ensandecida. E Leonardo, este impreciso enigma a ser descendo, caminhando para ela, irritante o riso, o sorriso despedaçado, insultuosa a gargalhada, e ela ali aos pés do homem, aos pés do desejo, aos pés do amor, os seios latejando, as coxas quentes, os ombros tensos, ouvindo ele dizer uma mulher que se despe é pura encantação, ela forçando-o sair do sono para a lembrança do clamor do sexo, dança de pernas e braços, gemidos de agonia e gozo, antes do sono, todos os dias antes do sono, o som alto, o barulho do vento nas copas das árvores, e ele tentando beijar a rosa lúbrica, a tarântula sorrindo, suado e banhado, lambuzado e torturado, o escorpião suando e lambuzando a rosa lúbrica, banhando e torturando a rosa lúbrica, lúdica, banhando e lambuzando a rosa lúbrica, lúdica, lúcida, suando, lambuzando, banhando, torturando, a rosa, tarântula que se oferece inteira, na incrível delícia do sono, tão completamente inteira se oferecendo na incrível maravilha do sono, tão inteiramente completa se oferecendo na incrível docilidade do sono, tão completa e tão inteira se oferecendo na incrível leveza do sono. O suor escorrendo no corpo, tão bela e tão ingênua, o seio de bico arroxeado e duro jogando-se nos lençóis, o mistério da mulher expondo as carnes, bela, pulsando no jeito do sangue, o sangue esvaindo-se nas veias, pulsando no jeito da morte, o clamor do sexo na dança de pernas e braços, na maravilhosa delícia de beijos e afagos, na docilidade maravilhosa de toques e abraços, na deliciosa maravilha de cheiros e mordidas, beija-o com leveza, beijando-se com ternura, beijavam-se com paixão, unidos pela linha reta que a bala percorrerá desde o revólver até o corpo, namorando na maravilha de alisar coxas e seios, ventre e braços, pura delícia do mundo se contorcendo, aquela maravilha de beleza e aquela maravilha de dor, ela sentada, esta mulher nua e aflita e bela, dormindo e não dormindo, na cama sob as ramagens vermelhas do mosquiteiro, onde o marido dorme não dorme, pensando é muita sorte que Leonardo viva, pensa que será preciso matar o coração sem macular a pele, tão homem e tal marido, na névoa da lembrança e da vigília, dizendo abra os olhos, meu amor, abra os olhos formosa mulher.

A mulher. O escorpião deitado. A mulher, a serpente, o escorpião.

... uma mulher sentada, uma serpente... — o que faz uma mulher sentada uma serpente? —... uma mulher sentada, uma serpente com uma tarântula no peito... — o que faz uma mulher sentada uma serpente com uma tarântula no peito dependurada? —... uma mulher sentada, uma serpente com uma tarântula no peito dependurada em busca do escorpião deitado...

Leonardo, o escorpião deitado, está olhando-a, lívido, os cílios negros cerrados sobre os olhos, paralisado, o peito subindo e descendo na incrível delícia do sono, solitário, a madrugada surpreende-o em busca da mulher sentada, a serpente com a tarântula no peito dependurada, uma mulher — Alice, esta mulher, o permanente e lívido sorriso nos lábios, Alice bela, Alice linda, Alice ingênua: o desejo de possuir o corpo vivo de Leonardo, a agonia presa na garganta, as mãos percorrendo o corpo, devagar, bem devagar, bem lento, beija-o com leveza, beijando-se com ternura, beijavam-se com paixão, o sangue esvaindo-se no interior das veias, nos pêlos, nas coxas, na virilha, beija-o, a ternura dos pêlos no peito, beijando-se na maravilha de alisar coxas e braços, beijavam-se na delícia de seios e ventres, o ventre suave, os pêlos criando a rosa, a rosa lúbrica macia, terna, delicada, observa-a da cama larga de lençóis alvos, e distante o apenas sorriso tímido, distante e próximo, tão distante e tão próximo o umbigo leve, deixando-se lamber pela língua de serpente com a tarântula no peito dependurada, pela língua de serpente com a tarântula no peito dependurada enfiando-se no espaço entre o umbigo e ventre, pela língua de serpente com a tarântula no peito dependurada atingindo a rosa lúbrica, os pêlos aromatizados, a rosa lúbrica e lúdica, os pêlos cheirosos, a rosa lúbrica e lúdica e lúcida, a rosa tarântula de lábios grossos onde enfia-se a língua serpente, ventre aberto e puro, a rosa tarântula se oferecendo ao escorpião deitado, lambuzando-se e torturando, a rosa molhada e perfumada, a tarântula suada e banhada, a rosa tarântula de lábios grossos e pêlos sensíveis, rosa e incenso e sândalo. Os joelhos desnudos, joelhos lisos, joelhos leves, início ou fim da coxa que se mostra, que se apresenta delicada, redonda e torneada, engrossando à maneira que vai chegando ao triângulo da rosa de pêlos impregnada pelo cheiro do incenso, impregnada pelo cheiro do fogo, impregnada pelo cheiro da música que o negro americano toca, improvisando a noite atormentada do escorpião, inventado em sol maior, com acorde em si bemol, passando pelos arpejos em dó maior, e ficando cada vez mais molhada e suada, e ficando mais vez mais lambuzada e torturada, a ficando cada vez mais cheirosa e gostosa, e fica arroxeada, e fica rósea, e fica avermelhada, a bela, a linda, a gostosa rosa de pêlos, a tarântula louca, enlouquecida, atormentada, Alice retesando os músculos das coxas, densos e forte, as coxas densas e fortes, as coxas que vão engrossando desde o joelho até chegar ao triângulo astuto, à tarântula sábia, à rosa de pêlos que inquietam feito o fogo queimando o lenço, queimando o lenço de seda, queimando o lenço de seda roxa, abrindo-se num buraco pelas bordas, abrindo-se num buraco pelos cantos, abrindo-se num buraco pelas margens, feito se abre a rosa, feito se abre a rosa lúbrica, feito se abre a tarântula de pêlos suaves, e o uivo, poderia uivar, uivaria na mata escura, triste e vazia, que é a sua alma, a boca escancarada, uivando, o peito oprimido e a respiração presa, ela também escura, triste e vazia, plenamente vazia, Leonardo geme, Leonardo geme e estertora, Leonardo geme, estertora e uiva, as mãos encrespadas nos lençóis alvos e altos, os lençóis vadios da cama sob as ramagens vermelhas do mosquiteiro vagabundo, sob a música do negro reverberando nos móveis e no altar da bruxa, reverberando no espaço que será substituído e unido pela linha que a bala percorrerá desde o revólver até o corpo de Leonardo, reverberando nas sinuosidades e nas curvas da bala que seguirá para unir a morte e a vida, o escorpião perseguindo a tarântula na madrugada do quarto de Alice, nua, esta mulher nua, Alice, essa mulher.

A tarântula no peito. O que faz uma mulher sentada?

... uma mulher sentada na poltrona azul-escuro, uma serpente com uma tarântula no peito, dependurada, em busca do escorpião deitado na ponte flutuante do céu... — o que faz uma mulher sentada nua uma serpente com uma —

Ela parece sozinha no quarto de sombras que se movem lentas, deitada ou arriada na poltrona de espaldar alto, confortável, alto e confortável, confortável e aflita, aflita e sentada e deitada na cama de lençóis alvos, as pernas abertas descobrindo a rosa lúbrica, um cheiro tão bom e tão suave, um perfume de pêlos aromatizados ocupando o espaço entre a poltrona e a cama, ocupando o espaço entre os lábios e os seios, ocupando o espaço entre os seios e o ventre, ocupando o espaço entre o ventre e as coxas — ocupando o espaço entre a solidão e a dor: ela parece sozinha, uma mulher sentada na poltrona azul-escuro, uma serpente com uma tarântula no peito, dependurada, em busca do escorpião deitado na ponte flutuante do céu, uma mulher vítima do próprio corpo tentando apagar o fogo e não, absolutamente não consegue, não absolutamente não consegue apagar, não absolutamente não consegue apagar o fogo, e os dedos ardem, e os dedos queimam, e os dedos ardem, os dedos ardem e queimam, os dedos queimam e ardem, os dedos queimam, inteira e nua, inteiramente nua e completamente nua, se lambuzando nas carnes perfumadas, se lambuzando nas carnes cheirosas, se lambuzando nas carnes densas de Leonardo, o escorpião deitado, que ela planeja vencer com um tiro, ainda esta madrugada, não passará de hoje, ela diz, não passará, ela repete, não passará de hoje, insiste, a bala corta as carnes e corta os músculos, a bala corta os nervos e corta o sangue, a vítima que se oferece inteira, na incrível delícia do sono, lívido, parado e solitário. Ela parada, esta mulher nua, essa Alice deitada, essa puta, três vezes preparada o crime, três vezes: o sorriso na sombra do sax tocando entre a decisão e a coragem, ocupando o espaço entre a poltrona e a cama, todo o espaço, três vezes preparada para o assassinato, três vezes: a bala cortando o coração, o coração vulgar e trôpego deste escorpião que dorme, este marido dormindo sob as ramagens amarelas do mosquiteiro, três vezes preparada para a morte, três vezes: o revólver silencioso que não aceita a vida do escorpião que dorme, essa marido dormindo e desmaiado, deitado e desleixado, este absoluto marido que repousa, esperando a bala que vencerá o som, derrotará a música negra do sax tocando a noite atormentada do escorpião, dormindo o homem e o escorpião, dormindo o homem, dormindo o escorpião, a noite parada e atormentada, a noite caminhando para a permanente madrugada, pensa que devia ter atirado naquele instante em que ele apareceu no quarto, desnudo e antipático, saindo do banheiro, servindo-se de uísque e de gelo, vulgar e asqueroso, exibicionista, filho da puta exibicionista igual ao carneiro alado engravidando as mulheres indefesas e desprotegidas que passeiam na ponte flutuante do céu, e ele ainda esperando que ela relaxe inteira, que se resolva a aceitar as carícias da madrugada, a tarântula beijada pelo escorpião no corpo de êxtase espiritual, aceitando a felicidade cheia de ódio, de um ódio que pára no peito, crescendo os músculos, oprimindo o coração, o sangue da felicidade e do ódio, da alegria e do rancor, no sangue latejando nas têmporas, do sangue latejando nos olhos, do sangue latejando nos seios, lembrando-se daquele momento, na tarde do domingo sisudo, as trepadeiras escorrendo nos bancos de madeira, nas pilastras, secas e verde as folhas, ele dizendo abra, amorzinho, abra os olhos, meu amorzinho, abra os lindos olhos, meu amorzinho meu, abra a rosa, abra a rosa aromatizada, abra a rosa perfumada, o seio pequeno, arroxeado e duro, o pequeno seio batendo na língua: na língua, nos dedos, nos lábios, molhados — os lábios, a língua, os seios pequenos, arroxeados e duros. Alice linda, Alice pura, Alice puta. Senta-se e a madrugada é inteira. A mão em curva, a mão em curva, a mão curvando-se, a mão encurvando-se para dentro, segurando o escorpião com a saliência dos dedos, com a curva dos dedos, com a dimensão dos dedos, enfeitiçando o coração do amado, enfeitiçando o coração do para sempre amado, enfeitiçando o eternamente amado, amado eternamente amado, Alice muda de posição na cama, beijando, beijando sempre, beijando mais, o sangue pulsando nos lábios, o sangue pulsando na boca, o sangue pulsando na língua, os olhos fechados e parados, bem parados, esquisitos os olhos sem cílios movendo-se, procurando o passado, procurando a ira, procurando o ódio, vagueia no sono e vê-se espreitando a presa na armadilha da lembrança, aguarda o momento em que amará a morte, tremeluzem os olhos.

15

O QUE faz uma mulher apontando o revólver para o marido? —... o que faz uma mulher sentada apontando o revólver para o marido que dorme... — o que faz uma mulher nua sentada apontando o revólver para o marido que dorme sob as ramagens? —... o que faz uma mulher nua, sentada numa poltrona de espaldar alto, apontando o revólver para o marido que dorme sob as ramagens do mosquiteiro... — o que faz uma bela mulher nua sentada numa poltrona azul-escuro de espaldar alto confortável apontando o revólver pesado na mão direita para o marido que dorme nu na cama de lençóis alvos sob as ramagens do mosquiteiro no quarto de Alice? —... o que faz uma bela mulher nua, com uma tarântula nos seios morenos e redondos, sentada numa poltrona azul-escuro, de espaldar alto, confortável e segura, apontando o revólver pesado na mão direita apoiada na coxa esquerda, para o marido que dorme nu, na cama de lençóis alvos, sob as ramagens do mosquiteiro, no quarto de Alice e Leonardo que sonha com miniaturas de carros de corrida... — o que faz uma bela mulher nua nua e aflita com uma tarântula nos seios morenos e redondos bicos róseos e arroxeados sentada as pernas cruzadas numa poltrona azul-escuro de espaldar alto confortável e segura apontando o revólver pesado na mão direita apoiada na coxa esquerda para o marido que dorme nu na cama de lençóis alvos travesseiros altos sob as ramagens do mosquiteiro no quarto desta Alice e deste Leonardo que sonha com miniaturas de carros de corrida vencendo o medo e a solidão? —... o que faz uma bela mulher nua, nua e aflita, com uma tarântula nos seios morenos e redondos, bicos róseos e arroxeados, pulsantes, sentada, as pernas cruzadas, numa poltrona azul-escuro, de espaldar alto, alto e confortável, confortável e segura, apontando o revólver pesado e engatilhado, na mão direita apoiada na lisa coxa esquerda, para o marido que dorme nu, um travesseiro entre as pernas, na cama de lençóis alvos, travesseiros altos e espalhados, sob as ramagens do mosquiteiro, no quarto esquisito desta Alice e deste Leonardo, que sonha com miniaturas de carros de corrida, vencendo o medo e a solidão, esquecido... — o que faz uma bela mulher nua nua e aflita com uma tarântula nos seios morenos e redondos bicos róseos e arroxeados pulsantes e macios sentada as pernas cruzadas de joelhos lisos numa poltrona azul-escuro de espaldar alto alto e confortável confortável e segura preguiçosa ladeada por uma mesa onde há um abajur aceso apontando o revólver pesado engatilhado e preparado na mão direita apoiada na brilhante lisa e leve coxa esquerda para o marido que dorme nu e quieto um travesseiro entre as pernas na cama alta de lençóis alvos e amarrotados travesseiros altos altos e espalhados sob as ramagens do mosquiteiro no quarto esquisito desta Alice e deste Leonardo sonhando com miniaturas de carros de corrida vencendo o medo e a solidão esquecido e inseguro? —... o que faz uma bela mulher nua, nua e aflita, linda, com uma tarântula nos seios morenos, morenos e redondos, redondos e pequenos, bicos róseos e arroxeados, pulsantes e macios, sentada, as pernas cruzadas de joelhos lisos e suaves, numa poltrona azul-escuro, de espaldar alto, alto e confortável, confortável e segura, preguiçosa e elegante, ladeada por uma mesa onde há um abajur aceso, triangular com a base firme, apontando o revólver pesado, pesado e engatilhado, engatilhado e preparado, na mão direita apoiada na brilhante e leve coxa esquerda, para o marido dormindo, nu e quieto, quieto e abandonado, um travesseiro claro entre as pernas, na cama alta de lençóis alvos, alvos e amarrotados, amarrotados e fundos, travesseiros altos, altos e espalhados, sob as ramagens do mosquiteiro no quarto esquisito e tranqüilo desta Alice donzela e deste Leonardo guerreiro, sonhando com miniaturas de carros de corrida, vencendo o medo e a solidão, esquecido e inseguro, penetrando no bosque viscejoso da noite... — o que faz uma bela mulher nua nua e aflita aflita e corajosa com uma tarântula nos seios morenos morenos e redondos redondos e pequenos pequenos e duros bicos róseos e arroxeados pulsantes e macios macios e delicados sentada, as pernas cruzadas de joelhos lisos e suaves numa poltrona azul-escuro de espaldar alto alto e confortável confortável e segura segura e preguiçosa elegante ladeada por uma mesa onde há um abajur aceso triangular com a base firme e fixa apontando o revólver pesado pesado e engatilhado engatilhado e preparado preparado e ensaiado na mão direita apoiada na brilhante e leve gostosa coxa esquerda para o marido dormindo nu e quieto quieto e abandonado abandonado e triste um travesseiro claro e acolchoado entre as pernas na cama alta de travesseiros altos altos e espalhados espalhados e fundos fundos e emplumados sob as ramagens do mosquiteiro no quarto esquisito e tranqüilo tranqüilo e vazio desta Alice donzela e puta e deste Leonardo escorpião guerreiro sonhando com miniaturas de carros de corrida vencendo o medo e a solidão esquecido e inseguro inseguro e triste penetrando ainda não inteiramente no bosque viscejoso da noite perseguida pelo sax? —

Alice e Leonardo?

... o que faria uma bela mulher, nua, nua e aflita, aflita e corajosa, corajosa e decidida, com uma tarântula nos seios morenos, morenos e redondos, redondos e pequenos, pequenos e equilibrados, bicos duros e arroxeados, arroxeados e pulsantes, pulsantes e macios, macios e delicados, caminhando devagar para o ventre, sentada, as pernas cruzadas, de joelhos lisos e suaves, numa poltrona azul-escuro, de espaldar alto, ato e confortável, confortável e segura, segura e preguiçosa, preguiçosa e elegante,

elegante e larga, ladeada por uma mesa onde há uma abajur aceso, triangular, com a base firme e fixa, fixa e protegida, apontando o revólver pesado, pesado e engatilhado, engatilhado e preparado, preparado e ensaiado, ensaiado e elaborado, na mão direita apoiada na brilhante e leve coxa esquerda, brilhante e gostosa, para o marido dormindo nu e quieto, quieto e abandonado, abandonado e triste, triste e distante, um travesseiro claro e acolchoado, acolchoado e largo entre as pernas, na cama alta de travesseiros altos, altos e espalhados, espalhados e fundos, fundos e emplumados, emplumados e limpos, sob as ramagens do mosquiteiro no quarto esquisito e tranqüilo, tranqüilo e vazio, vazio e oco, desta Alice donzela e puta, puta e ingênua, e deste Leonardo escorpião, escorpião e guerreiro, guerreiro e cavaleiro, sonhando com miniaturas de carros de corrida, vencendo o medo e a solidão, solitário e esquecido, esquecido e inseguro, inseguro e triste, penetrando não inteiramente, não inteiramente e não absolutamente, não absolutamente não consegue apagar o fogo, não absolutamente não absolutamente não consegue apagar absolutamente...? — que faria não absolutamente o que faria uma mulher absolutamente não consegue apagar o fogo desta bela não absolutamente Alice absolutamente nua não absolutamente nua absolutamente aflita não absolutamente aflita absolutamente corajosa não absolutamente não consegue apagar o fogo sem chamas com uma tarântula nos seios absolutamente morenos não redondos absolutamente pequenos não absolutamente duros absolutamente bicos não absolutamente duros absolutamente róseos não absolutamente arroxeados absolutamente pulsante absolutamente delicados caminhando devagar para o ventre não consegue apagar o fogo sem chamas não absolutamente sentada as pernas cruzadas de joelhos absolutamente lisos não absolutamente suaves na poltrona de espaldar alto o fogo correndo pelas bordas alargando-se estendendo-se cheirando-se ladeada por uma mesa de incenso e de seda o lenço de seda triangular com base não absolutamente firme absolutamente fixa não absolutamente apontando o revólver absolutamente pesado não absolutamente engatilhado absolutamente preparado não absolutamente ensaio na mão direita o buraco no lenço onde queima o fogo onde queima a chama onde queima o incenso absolutamente apoiada não absolutamente na brilhante absolutamente leve não absolutamente gostosa absolutamente coxa esquerda não absolutamente para o marido dormindo absolutamente nua não absolutamente quieto absolutamente abandonado não absolutamente triste absolutamente um travesseiro não absolutamente claro absolutamente acolchoado entre as pernas na cama alta não absolutamente de seda rota de seda rasa de seda roxa não um simples lenço um mero lenço um apenas lenço de travesseiros absolutamente altos não absolutamente espalhados absolutamente fundos não absolutamente emplumados sob as ramagens do mosquiteiro no quarto absolutamente esquisito não absolutamente tranqüilo absolutamente vazio um lenço roxo queimado um lenço roxo que está sendo queimado um lenço roxo que está sendo queimado pelo incenso desta Alice não absolutamente donzela absolutamente puta deste Leonardo não absolutamente escorpião absolutamente guerreiro sonhando com miniaturas de carros de corrida vencendo o medo não absolutamente a solidão absolutamente não absolutamente esquecido absolutamente inseguro não absolutamente triste absolutamente um lenço roxo que está sendo queimado pela brasa do incenso que caiu do candelabro sobre o altar da bruxa penetrando ainda não inteiramente não absolutamente não no bosque viscejoso da noite perseguida pelo sax do negro americano que improvisa a noite atormentada do escorpião? —... o que não absolutamente faria, absolutamente, o que não absolutamente faria uma mulher, uma bela mulher nua, absoluta e nua, aflita e corajosa, absoluta e corajosa, decidida e absoluta, não absolutamente consegue absolutamente o fogo com uma tarântula nos seios morenos, morenos e absolutos, absolutos e redondos, absolutos e pequenos, absolutos e equilibrados, bicos duros e absolutos, absolutos e arroxeados, absolutos e pulsantes, absolutos e macios, absolutos e delicados, caminhando absolutamente devagar para o não absolutamente ventre, absolutamente sentada, não absolutamente as pernas absolutamente cruzadas, de joelhos não absolutamente lisos e não absolutamente suaves, absolutamente na poltrona, não absolutamente de espaldar alto, absolutamente o fogo não absolutamente correndo pelas absolutamente bordas, não absolutamente alargando-se, absolutamente estendendo-se, não absolutamente cheirando-se, absolutamente ladeada não absolutamente por uma absolutamente mesa, com base absoluta firme, e absoluta fixa, apontando o revólver, absoluto e pesado, absoluto e engatilhado, absoluto e preparado, absoluto e ensaiado na mão não absolutamente direita, o absolutamente buraco no não absolutamente lenço absolutamente onde, não absolutamente queima o absolutamente fogo, não absolutamente queima a absolutamente chama, não absolutamente queima o absolutamente incenso, não absolutamente apoiada na absoluta e brilhante, absoluta e leve, absoluta e gostosa coxa esquerda, absolutamente para o marido dormindo e absoluto, absoluto e nu, absoluto e quieto, absoluto...

Alice e Leonardo: um só corpo?

o que fará esta mulher nua? —... o que faz este homem nu dormindo dorme... — o que fará esta mulher Alice nua que vestiu um longo robe verde? —... o que faz este homem cru e nu dormindo com o travesseiro entre as pernas... — o que fará esta bela mulher Alice nua que vestiu um longo robe verde sentada tensa numa poltrona? —... o que faz este homem, Leonardo cru e nu, desajeitado, dormindo com o travesseiro entre as pernas, na mira da mulher que aponta o revólver... — o que fará esta bela mulher Alice donzela nua que vestiu um longo robe verde sentada terna tranqüila numa poltrona azul-escuro apontando tensa o revólver? —... o que faz este grotesco homem, Leonardo, cru e nu, desajeitado, dormindo com o travesseiro entre as pernas, na mira da mulher que aponta o revólver, sob as ramagens do mosquiteiro... — o que fará esta bela mulher Alice linda donzela e nua que vestiu um longo robe verde chegando aos pés sentada terna tranqüila tensa numa poltrona azul-escuro apontando o revólver para o marido? —... o que faz este grotesco e leviano homem, Leonardo cru e nu, desajeitado e desmaiado, dormindo com o travesseiro entre as pernas, na mira da mulher que aponta o revólver, sob as ramagens do mosquiteiro, este escorpião alado que procura a tarântula... — o que fará esta bela mulher Alice linda e donzela nua e macia que vestiu um longo robe verde chegando aos pés o seio se oferecendo ao decote sentada terna e tranqüila e tensa na poltrona azul-escuro apontando o revólver para o marido dormindo com o travesseiro? —... o que faz este grotesco, leviano e vulgar homem, Leonardo cru e nu e só, desajeitado, desmaiado, derrotado, dormindo com o travesseiro alto entre as pernas, na mira da mulher que aponta o revólver pesado, sob as ramagens do mosquiteiro, este escorpião alado que persegue a tarântula vítima do carneiro celeste... — o que fará esta bela mulher Alice linda e donzela nua e macia delicada que vestiu na noite um longo robe verde chegando aos pés o seio moreno se oferecendo ao decote seguindo em V desde a clavícula até o umbigo sentada terna e tranqüila e tensa na poltrona azul-escuro apontando o revólver para o marido dormindo com o travesseiro entre as pernas? —... o que faz este grotesco, leviano e vulgar, guerreiro homem, Leonardo cru, nu e só, desajeitado e desmaiado, derrotado e demente, dormindo com o esquisito travesseiro entre as pernas finas, na mira da mulher, que vestiu um longo robe verde, e que aponta o revólver pesado e niquelado, para o marido dormindo com o travesseiro entre as pernas, sob as ramagens do mosquiteiro, este escorpião alado que persegue a tarântula, vítima do carneiro alado na ponte flutuante do céu... — o que fará esta bela mulher Alice linda e donzela nua e macia delicada e suave que vestiu na noite do assassinato um longo robe verde chegando até aos pés o seio moreno maçã e pêra se oferecendo ao decote seguindo em V desde a clavícula até o umbigo os cabelos negros escorrendo nos ombros sentada terna e tranqüila tensa e tranqüila na poltrona azul-escuro apontando o revólver para o marido dormindo com o travesseiro entre as pernas finas e ósseas? — o que faz este cavaleiro, grotesco e leviano, vulgar homem, guerreiro Leonardo, cru e nu, só, desajeitado, desmaiado e deitado, derrotado e demente, dormindo com o esquisito e insólito travesseiro entre as pernas finas, ossudas, na mira da mulher, esta bela mulher, que vestiu um longo robe verde, o seio moreno, maçã e pêra, oferecendo-se ao decote, e que aponta o revólver pesado e niquelado, preparado, para o marido dormindo com o travesseiro entre as pernas, sob as ramagens quietas do mosquiteiro, este escorpião alado que persegue a tarântula, a aranha negra, vítima do carneiro celeste, mijando no sol e a chuva caindo na ponte flutuante do céu? —... o que fez essa bela mulher Alice linda donzela e nua macia e delicada suave e leve que veste um longo robe de seda verde chegando aos pés na noite do assassinato o seio moreno e maçã e pêra se oferecendo ao decote seguindo em V desde a clavícula até o umbigo os cabelos negros escorrendo nos ombros sentada terna e tranqüila tensa e terna na poltrona azul-escuro apontando o revólver para o marido dormindo com o esquisito e insólito travesseiro entre as pernas, sob as ramagens? —... o que faria este cavaleiro e grotesco, leviano e vulgar, guerreiro e cavaleiro Leonardo, cru e nu, só e desajeitado, desmaiado e deitado e desmaiado, derrotado e demente, deveras dormindo com o esquisito e insólito, estranho travesseiro entre as pernas, finas e ossudas, descarnadas, na mira da mulher esta bela mulher esta Alice que vestia um longo robe verde, chegando aos pés, na noite do assassinato, o seio moreno, maçã, pêra e delicado, oferecendo-se ao decote, e que aponta o revólver pesado, niquelado e preparado, ensaiado, para o marido dormindo, só e desmaiado, com o estranho travesseiro entre as

158

pernas, sob as ramagens quietas e transparentes do mosquiteiro, Leonardo este escorpião alado que persegue insone a tarântula, a aranha negra e felpuda, vítima do carneiro celeste e alado mijando no sol e a chuva grossa caindo nas pernas das mulheres emprenhadas na ponte flutuante do céu... — o que fez esta bela mulher Alice linda e donzela nua e macia e delicada suave e leve que vestia um longo robe verde na noite do assassinato o seio moreno e maçã pêra e delicado e pequeno se oferecendo ao decote seguindo em V desde a clavícula até o umbigo os cabelos negros e longos nos ombros sentada terna e tranqüila tensa e tranqüila terna e em transe apontando o revólver para o marido com o estranho, esquisito e insólito travesseiro entre as pernas finas ósseas e descarnadas sob as ramagens quietas transparentes e inúteis do mosquiteiro Leonardo este escorpião alado e depravado que persegue a aromatizada tarântula a aranha negra? —... o que faria este cavaleiro, grotesco e leviano, vulgar guerreiro, inquieto cavaleiro Leonardo, o homem cru e nu e só e desajeitado, desmaiado e deitado e desmaiado e derrotado e demente e deveras e dormindo com o esquisito e insólito e estranho e reles travesseiro entre as pernas finas e ossudas e descarnadas e despeladas, na mira da mulher, esta bela Alice, nua e macia, delicada e suave, leve e delicada, que vestiu um longo robe de seda verde, chegando aos pés, na noite do assassinato cruel e covarde, o seio moreno e maçã e pêra e delicado e róseo oferecendo-se ao decote seguindo em V desde a clavícula até o umbigo, os cabelos negros e longos e lisos, e que aponta o revólver pesado e niquelado e preparado e ensaiado e estudado para o marido dormindo e cru e nu e só e abandonado e triste, com o esquisito e insólito e estranho e ousado travesseiro, alto e felpudo, entre as pernas finas e ósseas e descarnadas e despeladas e desajeitadas, sob as ramagens quietas e transparentes e inúteis e vazias do mosquiteiro, Leonardo, este escorpião alado e este celeste, que persegue insone e determinado a tarântula meiga, a aranha negra, felpuda e densa, vítima do depravado carneiro celeste e alado mijando no sol e a chuva caindo nas pernas ensangüentadas das mulheres estupradas e emprenhadas na ponte flutuante do céu...

No êxtase?

Os dedos queimam e ardem, mas não apagam o fogo que devora o lenço de seda roxa, o fogo que devora as carnes roxas, o fogo que devora os nervos roxos, não apagam e queimam e ardem, lambuzando as carnes perfumadas, lambuzando as carnes cheirosas, lambuzando as carnes, lambuzando as carnes ensangüentadas, a tarântula aberta, a tarântula louca, a tarântula enlouquecida, a tarântula de pêlos aromatizados pelo cheiro do incenso, impregnada pelo cheiro do incenso, impregnada pelo cheiro do fogo, impregnada pelo sax do negro tocando a sombra do seu sorriso, da sombra do sorriso dos pêlos, da sombra do sorriso dos lábios, da sombra do sorriso da rosa —... Leonardo, o escorpião deitado, persegue a rosa, persegue a tarântula, persegue os pêlos que inquietam feito o fogo queimando o lenço, feito o fogo queimando o lenço de seda, feito o fogo queimando o lenço de seda roxa, abrindo o buraco pelas bordas, abrindo o buraco pelos cantos, abrindo o buraco pelas margens, a língua escorrendo na rosa aberta, a língua escorrendo na rosa lúbrica, a língua escorrendo na tarântula de pêlos suaves... Leonardo beija-a, beijando na maravilha de alisar pernas e coxas, beijavam-se na delícia de seios e ventres, o ventre terno, os pêlos criando a rosa, a rosa lúbrica macia e terna, delicada, a rosa lúbrica, lúdica e lúcida, a rosa delicada e lúbrica, a rosa lúbrica e macia e lúdica e delicada, observa-a na cama larga de lençóis alvos: Alice se esforça para manter o sonho, o desejo e a vontade de atirar, de molhar as mãos no sangue do amado, do para sempre amado, do eternamente amado, Alice esta mulher nua, sentada, aflita e bela, na cama de lençóis alvos, a tarântula nos seios, sob as ramagens quietas e transparentes, a tarântula se oferece inteira, tão completamente inteira, tão inteiramente nua, tão frágil e de tal forma desprotegida que se arrepia, o colo brando e terno, carinhoso — é a Mãe do Vento, puta e donzela, é a Mãe do Tempo, leviana e bela, é a Mãe dos Sonhos, depravada e ingênua, preparando-se para atirar, agora acumulando todo o ódio no peito, gemidos de agonia e gozo, acumulando todo o ódio com paixão, gemidos de estertor e dor, acumulando todo o ódio com amor, gemidos de agonia e sofrimento, Alice mira, Alice aponta, Alice mira e aponta, aponta e senta, senta e senta-se, senta-se deitada inteira no escorpião alado, alado e peludo, peludo e celeste, sente os grandes lábios roxos e cheirosos, os grandes lábios róseos e quentes, os grandes lábios roxos e róseos e cheirosos e quentes naufragando no arrepio da carne atormentada, naufragando no arrepio da carne desesperada, naufragando na carne agoniada, devagar, bem devagar, muito devagar, prende o escorpião alado, prende o escorpião selvagem, prende o escorpião celeste, e solta o escorpião alado, molhado e lambuzado, e solta o escorpião selvagem, molhado e cheirado, e solta o escorpião celeste, molhado e perfumado, e prende e solta o escorpião, e prende e solta o escorpião alado, e prende e solta o escorpião, tão frágil e tão desprotegida e alada, tão frágil e desprotegida e selvagem, tão frágil, e tão desprotegida e celeste, transpirando belezas e uivos, sentada e atormentada, sentada com as pernas abertas, inteiramente dilacerada, tão inteiramente dilacerada e tão inteiramente feliz, sentada com as pernas abertas sobre o escorpião, ela própria alada, leviana e puta, ela própria selvagem, ingênua e pura e puta, ela própria celeste, aflita e confortável — alada, selvagem e celeste e puríssima, o mundo se contorcendo, aquela maravilha de beleza e aquela maravilha de dor, ela sentada, pensando é muita sorte que Leonardo, é muita sorte que Leonardo esteja, é muita sorte que Leonardo esteja vivo, é muita sorte que Leonardo esteja vivendo, a cabeça levantada, gemendo, os olhos acesos, a face torturada, putíssima. Puríssima e putíssima — celestial, celestial e divinal. E angelical. A carne festeja, a pele treme, tremeluzem os olhos, os olhos molhados, molhados de lágrimas, molhados de lágrimas, molhado de suor, Leonardo cansa, inquieto cansa, o suor poreja o rosto, ele quer manter as mãos sobre Alice, uma mão no peito, outra mão nas pernas, a presa que agora não se agita, a presa que agora não se altera, a presa que agora não se move, o uivo, poderia uivar, uivaria na mata escura, estranha e bela, em que ele penetra a cada momento que solta e prende o escorpião alado, o escorpião selvagem, o escorpião celeste, buscando a luxúria das luzes, a luxúria farta das luzes, a luxúria falta da luxúria, a farta iluminação da luxúria farta que se renova, que se reinicia, que se multiplica, sem cansaço nem sono, sem sono e sem sonho, sem sonho e sem lembranças, envolvido pela pele macia dos pêlos aromatizados, dos pêlos perfumados, dos pêlos cheirosos, e molhados, e lambuzados, e torturados. Todas as dores — todas as alegrias — todas as agonias — esta mulher, esta grande, esta grande e bela, esta grande e bela e puta esta Alice aponta e mira, mira e aponta, está ouvindo — ouvindo? — esta Alice esta mulher apontando o revólver para o marido que dorme —, ouvindo a depravada sombra do seu sorriso e senta, senta-se, senta-se definitivamente no escorpião rasgando as carnes, senta-se e senta no escorpião... entre os grandes montes, entre os dois grandes montes, entre os dois grandes montes abertos, senta e senta-se entre os dois grandes montes, dois grandes montes celestiais, celestiais e divinais, divinais e angelicais, Leonardo treme, treme e arrepia, treme e se arrepia, os dois grandes montes belos, atormentadoramente belos, selvagemente belos, brutalmente belos, atormentadores belos, selvagens, brutos e belos, os dois grandes montes, brutos e belos, selvagens, deslizam exasperando as carnes, exasperando os pêlos, exasperando os músculos, exasperando — exasperando e pulsando — pulsando e delirando — delirando e exasperando —, Alice sabe e uiva, uivaria na luxúria das luzes, buscando a luxúria das luzes, a luxúria farta das luzes, a farta iluminação da luxúria farta, não passará de hoje, de hoje não passará, não de hoje, este homem... este Leonardo... este tão marido Leonardo... compondo soluços na madrugada, um perfume de pêlos aromatizados e suados ocupando o espaço entre a poltrona e a cama, um perfume de pêlos aromatizados e suados e lambuzados ocupando o espaço entre os lábios e os seios, um perfume de pêlos aromatizados e suados e lambuzados e torturados ocupando o espaço entre os seios e o ventre, um perfume de pêlos aromatizados e suados e lambuzados e torturados e amados ocupando o espaço entre o ventre e as coxas, ocupando o espaço entre a solidão e a dor, entre a solidão e o prazer, entre a solidão e o prazer e o gozo, entre a solidão e o gozo, entre as pernas desnudas, as pernas desnudas e lisas, as pernas desnudas e lisas e leves, as pernas desnudas e lisas e leves e lentas, as pernas, início ou fim das coxas que se mostra, que se apresenta delicada, redonda e torneada, linda, se dissolvendo nas ramagens, por trás do mosquiteiro, falando, falando e gemendo, gemendo e gritando, gritando e falando e uivando, um grito preso na garganta, um grito abafado na garganta, um grito estrangulado na garganta, cede inteira ao clamor do escorpião, e devagar, bem devagar, muito devagar: uma bela, uma bela e reles, uma bela e reles e linda mulher sentada no arco-íris, tão linda e tão inteiramente suada, o ventre suave, os pêlos criando a rosa, a rosa lúbrica macia, terna, delicada, Alice sorrindo compondo soluços, soluços e sorrisos, compondo sorrisos e soluços, soluçando e soletrando, o revólver preparado para festejar o coração da vítima, o coração do amado, do para sempre amado, do eternamente amado, esta Alice?... esta mulher Alice leviana e ingênua... leviana e bela... linda segurando o revólver, a rosa lúbrica pulsando e os grandes montes morenos tremendo, e estará sempre disposto ao clamor do sexo, não só e abandonado, dança de pernas e braços, gemidos de agonia e gozo, desprotegidos, mordendo os dois grandes montes morenos, maçã e pêra, de poucos pêlos, de quase nenhum pêlo, de ausência de pêlos, compreende que ela se atira linda, macia e linda, sempre, sempre e sempre, para os festejos do amor transformado em luta de pernas e braços, vem cá, amorzinho, basta dizer, entre a decisão e a coragem, observa-a e observa-o na cama larga de lençóis alvos, travesseiros altos, espalhados, envoltos nas ramagens do mosquiteiro, na pele os dedos e o suor do amado, na pele a suavidade dos seios da amada, na pele os dedos e a leveza do amado e na pele os dedos e ternura da amada, conhecendo a necessidade da morte, absoluta necessidade da morte, sonha e não sossega, um tiro de mágoa, de paixão, de agonia – um tiro de mágoa, um tiro de paixão, um tiro de agonia —, as marcas do sono se adensando no rosto, nas têmporas, no queixo, ela confia, o escorpião beija a rosa da tarântula e a tarântula tem nos lábios a tarântula, nos lábios e nos olhos apenas, nos lábios e nos olhos um sorriso. Um apenas sorriso tímido nos lábios. Um apenas sorriso. Nos lábios. Um apenas sorriso tímido. Nos olhos. E distante. Olha e vê:

Recife, 29 de novembro de 1998 a 28 de julho de 2002.

UM ROMANCE? UMA NOVELA? UM EFEITO ACÚSTICO?

Raymond C. Westburn

Professor de Literatura Brasileira da Diamond University

É claro que Raimundo Carrero corre o risco de ser classificado de formalista, estruturalista, pós-formalista, pós-estruturalista, hermético, chato, pedante, isso e isto, isso e aquilo, e, no caso do Brasil, até um tanto concretista, talvez buscando fórmulas já visitadas por outros tantos criadores — o que não ocorre absolutamente aqui. Corre o risco, sim. No entanto, lendo-se Ao redor do escorpião... uma tarântula? *com a devida atenção será fácil verificar que se trata de uma obra que reúne problemas estruturais da ficção ao lado da discussão de graves questões do comportamento humano e, portanto, sociais. Políticos, sim, do ponto de vista aristotélico, segundo o qual somos todos ativistas na nossa luta pela sobrevivência. Os problemas da forma e da conceituação ideológica do personagem — e da obra de arte — serão analisados ao longo deste trabalho.*

Não se pode esquecer, sobretudo aqui, que toda obra de arte tem início na forma, porque sem ela não haverá obra de arte — o eterno e complexo problema da forma e da estrutura, de conteúdo e de ideologia, passando pelos movimentos artísticos e pelas antigas vanguardas, principalmente na primeira metade do século XX, mesmo considerando-se os problemas políticos do Brasil e da América Latina, por extensão, e de mercado. Carrero costuma dizer que "o livro é obra de arte na mão do artista e mercadoria na estante do livreiro" (carta de 29.07.02; optamos pela carta convencional, sem e-mail). Ambos devem conciliar os seus problemas. E o artista não pode renunciar à criação em favor do mercado que sempre absorverá todos os caminhos desde que bem elaborados. "O artista não pode deixar de ser artista."

Todo o processo criador deste livro está centralizado numa frase — o que faz uma mulher apontando o revólver para o marido?

— (que ressalta a problemática da grave violência familiar que se agiganta no mundo inteiro) e circula no texto com variações e mudanças, girando e girando, caminhando e revoluteando, às vezes afirmativa, às vezes interrogativa, às vezes nem uma coisa nem outra, pura viagem — aqui não há nada fixo, incisivo, definitivo — fingindo-se de afirmativa e fingindo-se de interrogativa, o próprio texto circular. Não é por outro motivo que o livro termina — termina mesmo? — com duas palavras recorrentes e emblemáticas — olha e vê —, seguida de dois pontos. Nós, pobres mortais, também circulamos em muitas direções, sempre. Tudo isso para refletir sobre a condição humana, social e política, os personagens variando, mudando, girando, caminhando, revoluteando. Uma maneira interessante de inventar, sobretudo para mim que conheci esta obra através do próprio autor, que vim a conhecer em Iowa, USA, durante os trabalhos do International Writting Program, em 1990.

Em certo sentido, este livro lembra a afirmação de Alain Robbe-Grillet a respeito do nouveau roman, *do qual, aliás, o autor também se distancia, apesar das aproximações: "trata-se de uma busca... longe de ditar regras, teorias, leis, para os outros ou para nós mesmos, nosso movimento é uma luta contra formas demasiadamente rígidas que marcavam o romance". E um esclarecimento definitivo:* Ao redor do escorpião... uma tarântula?

não é — nem poderia ser — o início de um movimento, não pretende impulsionar a literatura brasileira noutra direção, o autor quer apenas reafirmar suas próprias idéias de ficção e amadurecer seu universo criador, questionando. Um desafio a que nem sempre os escritores estão dispostos. Grillet é, portanto, uma referência e não uma definição ("Pretendo apenas escrever um livro de ficção e ao mesmo tempo discutir os processos de criação, ainda que pareça sofisticado, e que lembre um formal por excelência, o que não é meu caso, sinceramente" [12.12.02].)".

*No entanto, é animador o fato de que a frase, esta frase a que me referi e que forma toda a inquietação desta prosa, é também ela uma espécie de personagem que atormenta, sufoca e irrita. Positiva ou negativa — sim e não despencam para cima ou para baixo, aqui e ali, girando, revoluteando. Personagem que muda de posição, de caráter, de cor. Personagem e nome. Personagem e metáfora. Personagem e título. Título e nome. Um título não é um nome? E o que é um nome? Lembra Shakespeare? "O que é um nome? Aquilo a que nós chamamos uma rosa, com qualquer outro nome teria o mesmo perfume..." (*Romeu e Julieta*).*

Portanto, o que é um nome? Um personagem precisa ter mesmo um nome, ou também ele é apenas um elemento da ficção, nem o mais importante, nem o menos importante, não deixando, todavia, de ser fundamental? Todos os elementos de um romance — este nome, este título me incomoda muito — são fundamentais. Para mim, no entanto, um nome é mais, muito mais, muito, um nome é também o próprio caráter, a sorte e a desventura do personagem. Ainda uma busca, um destino, um selo, uma fuga musical que é entregue ao sax do americano dg — outra invenção de Carrero, lembrando outro jazista popular americano —, que vai recriando-a e reinventando-a com as oscilações, as curvas e as sinuosas naturais — naturais? —

num improviso cheio de arpejos e floreios, improviso que está na alma de todos nós — e sobretudo dos personagens.

Além de tudo isso, o trabalho do autor pernambucano recorda o rigor e a simetria de outros dois grandes brasileiros: Osman Lins, para quem "dar nome aos personagens, ato que à primeira vista parece não encerrar dificuldade alguma, é na verdade tão embaraçoso como criar o próprio personagem". E Autran Dourado, o inventor de O risco do bordado, *que tem um curto e ótimo ensaio sobre o personagem como metáfora: "O personagem é símbolo — escreve Dourado —, é uma imagem em movimento, enfim — metáfora em ação". O que nos leva, mais adiante, a estudar a metáfora em ação, de Bakhtin, a respeito de Dostoievski, talvez a principal influência da obra de Raimundo Carrero.*

O problema do personagem tem sido para o romance moderno a principal preocupação — tudo começa e termina nele. Sobretudo no antes referido Grillet. Retirem-se ou não os nomes — são clássicos os exemplos de autores que usam apenas os pronomes ele e ela, *mesmo no Brasil onde os exemplos são muitos. Ganham-se ou perdem-se alguns efeitos, naquilo que talvez pudéssemos chamar de tecido textual. Sem dúvida. A gravidade do assunto continua incomodando muito. Parece que isolar o personagem do seu próprio nome retira sua condição humana e, portanto, social, que tem funda importância na obra de arte.*

Além disso, as metáforas dos personagens estão eloqüentemente presentes ao lado da pontuação básica: a interrogativa pertence a Alice e investe em todo o processo de criação, Alice alterna posições com a frase — a personagem, a frase, a personagem; a frase é Alice, a personagem é Alice — e não perde a capacidade de perguntar, nunca e, enquanto ela — Alice — se prepara para atirar em Leonardo, a noite inteira, a inteira noite, a noite eterna. Lembrem-

se de São João da Cruz? *"Em uma noite escura, de amor em vivas ânsias inflamada..."* E Santa Teresa de Jesus: *"Já fora de mim vivi desde que morro de amor".*

Portanto, a interrogação é a chave de Alice. *Pergunta e pergunta e pergunta, parece sempre correndo em curvas, sinuosas, evasivas, retas, enfrentando abismos, é Alice e o Coelho, de* Alice no país das maravilhas, *de Carrol. Uma mulher que luta com os próprios problemas e é também uma mulher-metáfora que enfrenta a sociedade — ainda predominantemente conservadora, tanto no Brasil como nos Estados Unidos — que se espanta, que indaga, que se torna perplexa diante da agonia, da vida e da morte. A sociedade em constante ameaça, gemendo diante do revólver apontado pela violência urbana. A reticência é fundamental em Leonardo que espera, que duvida, que não duvida, que acredita, que não acredita, que a usa semelhante a uma espécie de acidente musical, digamos, numa escala cromática, que é feita de acidentes musicais, todo mundo sabe. Leonardo é lento, evasivo, sim, evasivo, cheio de reticências. Acuado pelo símbolo: a vida ameaçada todo o tempo. No mundo moderno não há pausa, não há sossego, não há paz.*

Aliás, a pontuação aqui é inteiramente musical — não é um romance, uma novela, um conto, na verdade uma composição, uma partitura, uma orquestração, um efeito acústico. É preciso ressaltar que o personagem é o verso do romance e também a frase harmônica ou não da música. Ou não é nada, absolutamente nada — cujo comportamento deve ser tão relativo quanto um quadro, uma casa, uma árvore. Sem mais nem menos. Uma frase é um movimento, um som, um eco.

É preciso estar sempre atento para a lição deste livro: inquietações, são inquietações que devoram criador e criaturas. Não se está reduzindo a pessoa, o ser, à linguagem; procura-se determinar que o personagem é também um personagem e uma pessoa, portanto, criação do artista. No texto literário personagem tem manifestações literárias, artísticas, lingüísticas. Ali ele é literatura. O personagem pode e deve ter um corpo. De mulher ou de homem. No entanto, não é apenas humano. De forma alguma. Por mais que se queira ou tente, ele é, na verdade, sobretudo um corpo literário, que somente se realiza na linguagem, no texto, na montagem. Igual ao verso. Fora do texto, o verso é um sentimento humano e não um sentimento lingüístico, onde é o seu lugar. O verso não é criado para emocionar corações e sim para efeito estético. Personagem, substantivo e verbo — portanto, frase, movimento lingüístico, elaboração textual. Movimento e ritmo, para o interior do texto, para o segredo do texto, e para o seu mistério. Mesmo aqui, em Ao redor do escorpião... uma tarântula?, tanto o corpo de Alice quanto o corpo de Leonardo são mostrados como metáforas, o que é relevante para o texto, somente. E metáforas que constantemente se renovam, tanto no plano social quanto no plano literário. Nesse livro tudo é movimento.

Por que a ficção não pode se aproximar da poesia? E que sendo poesia tenha de contar, de narrar?

Mesmo não sendo Carrero um estruturalista — não gosta sequer que se fale disso, não quer qualquer comparação, Carrero não é estruturalista, é criador —, é preciso ressaltar que a palavra orquestração — não é um romance, uma novela, um conto, é uma orquestração — vem desde os formalistas russos — também o autor não é formal, somente formal, toma de empréstimo a palavra, apenas — e creio que se encaixa muito bem no seu processo de criação ficcional — desde muito cedo percebeu — conforme confessa — que até mesmo a sua intuição era musical, vinha do seu aprendizado na banda de Salgueiro. Advirta-se ainda que esta palavra, conforme alerta em nossa correspondência, significa o conjunto dos meios sonoros de que todo escritor ou criador se utiliza para alcançar um maravilhoso efeito acústico, com a aliteração e a assonância. Mais do que efeito acústico entre palavras e sons, ele buscou o efeito da pontuação e da composição de personagens, investindo até a exaustão nos adjetivos — os adjetivos são agudos e graves que gritam e abafam a frase, mudam e agitam — , personalizando-os ou alterando os significados, que montam e remontam Alice e Leonardo, além de conseguir com isso grave efeito acústico, conforme ele próprio confessa, tendo ao fundo o sax do americano, que percorre todas as páginas.

Quando os adjetivos mudam de lugar e pertencem ora a um personagem, ora a outro — Raimundo Carrero me adverte em carta: acredito que certas palavras pertencem a certos personagens exclusivamente, observe o caso das adversativas: mais do que uma palavra é um sentimento, uma relutância, uma oposição, e por isso pertence apenas a Leonardo, não está nunca em Alice, os adjetivos são comuns aos dois mas com finalidades diferentes —, o autor está tentando classificar sentimentos alternados. Para Leonardo: reticências, vírgulas, adversativas. Para Alice: interrogativas, pontos, travessões. Para os dois, comum aos dois: dois pontos. Dessa forma o autor procura personalizar até mesmo a pontuação, o que torna seu livro ainda mais curioso. E intenso.

Os personagens são ao mesmo tempo personagens e instrumentos, solistas e coadjuvantes, intérpretes e maestros, diz-me Carrero numa das missivas. Por isso a exclusividade dos sinais de pontuação. Na verdade sugerem — ou são? — sustenidos, bemóis, ressonância, dissonâncias, desafinações, assonâncias. Não é sem motivo que Alice é sax e contrabaixo e bateria, Leonardo sax e bateria e contrabaixo... sax, contrabaixo e bateria... e partituras... e improvisos... maravilhosos e medíocres... belos. Instrumentos e solistas. "Há vozes estranhas e esquisitas, feito viessem com o vento, a partir da voz da mãe, a mulher que canta à distância, na lembrança, na pura recordação, e que vai perdendo forças até desaparecer. Esta mãe é renitente. Mas não pode vencer o tempo. Termina esfumaçada. E há palavras — reles e puta, por exemplo — que saltam, se mexem, agridem, acalmam. Trata-se, muitas vezes, da função do adjetivo: atormentar a frase. Veja que no Barroco o adjetivo entorta, atormenta, vira e revira a frase, e no final alcançando uma beleza, uma maravilha, um encanto incrível. Que missão extraordinária" — assegura o autor com quem troquei correspondência para debater o texto.

E orquestração? Por que orquestração para dançar e para ouvir? Porque é igualmente um balé e uma ópera. Uma composição, uma narrativa, uma orquestração. Uma orquestração para danças. Uma orquestração para deleite do ouvido. Um texto — um livro? um romance? uma novela? — que é movimento, improviso, fuga, teatro e balé. Um efeito acústico, sobretudo um efeito acústico.

Alice e Leonardo ocupam um quarto fechado onde dançam em muitos sentidos: dançam mentes e corpos, dançam em dúvidas e perguntas, dançam em busca, dançam em afirmação, vontade e oscilação, dançam objetiva e psicologicamente. Afinal, o que é este livro senão uma grande, incansável e torturante busca? Perguntou-me Carrero e continuei, continuamos: "Uma grande, incansável e torturante fuga? Um grande, incansável e torturante improviso? Vejo Alice correndo o tempo todo atrás do coelho, Lewis Carrol tem razão, perguntando e perguntando também o tempo todo: que horas são? que horas são? que horas são?, e indo ao fim do poço — o escritor brasileiro querendo também chegar ao fim do poço para conhecê-lo, para amá-lo, e para dali sair", para compreender as razões da violência: da cidade e da casa.

Leonardo é um personagem que aparece em outros livros de Carrero, que o acompanha sempre — Léo, Lerdo, Leão, Lento —, alguém que *não se sabe, indeciso e forte, inconseqüente e medroso, covarde e vil, alguém que se sabe mesmo, nunca, alguém que não se sabe, alguém que não se sabe nem nunca nem jamais. Alguém. E alguém não é uma pessoa? Alguém não é um ser? Alguém não é essência? Pelo menos do modo como está sendo colocado? Sendo assim, estarei certo?, não é apenas — o apenas de sempre — uma figura de linguagem, mas um ser, uma pessoa, uma essência. E não. Com certeza, não. Outra vez o grave problema do personagem. Um personagem que sendo metáfora é também real, concreto, vivo. Uma figura social. Um ser político.*

Um ser que se inquieta no texto, somente no texto, dentro do texto. Nunca fora dele. Não serve para fora. Saindo dali — ou daí — não se realiza, porque não encontra nem harmonia nem desarmonia, não existe sem as seqüências de linguagem, cujos movimentos atende às necessidades do texto, humano na reflexão, e completamente literário e artístico na construção da linguagem. Portanto, linguagem e também ser. Perguntei ao autor em uma das nossas correspondências (29.07.02): Isso não parece confuso demais e pouco consistente? Ao que ele me respondeu: "O personagem não existe para o mundo real enquanto figura do livro. Existe somente no mundo ficcional. E o mundo ficcional se realiza na linguagem, ou não é assim? Ele pode e deve discutir problemas reais, sociais ou políticos, mas só está vivo na leitura. Nunca na estante".

Toda essa questão que procuro expor com a maior clareza possível vem de uma pergunta — sempre uma pergunta — que o autor faz insistentemente, abelha girando no ouvido, ou na consciência, e que pretende definitiva: "Se na ficção o fundamental é o personagem — pelo seu humanismo, metáfora do ser em permanente mutação —, por que o personagem tem que obedecer ao texto e não o texto ao personagem?" Aliás desde Aristóteles tem-se procurado refletir esse problema da autonomia do personagem, tendo o grego — além de

Horácio —, dito algo fundamental, básico e inadiável: "O poeta não deve dizer senão poucas coisas", cabendo ao personagem assumir de logo a perfeita identidade. Mais um problema sério enfrentado pelo criador de Ao redor do escorpião... *uma tarântula?*

Escrevi a Raimundo Carrero, considerando que em princípio parecia cometer um erro, porque a linguagem tenta ultrapassar o personagem. Ele contestou (28.10.02), revelando que pensa também na identidade do personagem através da representação gráfica, através mesmo da linguagem, onde o personagem deve sempre operar no texto e, por isso mesmo, escrevendo o texto e não se submetendo a ele. O personagem autônomo indica os seus próprios caminhos e, se fosse possível, dispensa o autor. Não somente naquele sentido de Barthes na morte do escritor, mas para colocar as emoções do personagem acima das emoções do autor — o que provoca a sedução do leitor. O escritor tem compromisso com o texto, mas o que o rege é o personagem através da pulsação narrativa.

Na verdade, e confessadamente, Dostoievski já havia dado uma resposta contundente ao problema. Quem explica é Mikhail Bakhtin: "Para Dostoievski não importa o que a sua personagem é no mundo mas, acima de tudo, o que o mundo é para a personagem e o que ela é para si mesma". Uma extraordinária mudança de ponto de vista ficcional. Tanto é verdade que o crítico russo afirma, mais adiante que, dessa maneira, o autor de Os possessos *"realizou uma espécie de revolução coperniciana em pequenas proporções, convertendo em momento da autodefinição do herói, o que era definição sólida e conclusiva do autor". Só não concordo com a expressão "pequenas proporções" —, não nunca: foi uma revolução plena e absoluta de grandes e notáveis proporções. Ali se realizava o processo de autoconsciência, de psicologia do personagem, da sua autonomia. Todorov ressalta que "a personagem deve estar subordinada à ação".*

Os personagens de Carrero parecem propor que, além de passar a narrativa para o personagem — não só através de sua "essência psicológica", mas através de um ritmo, da desordem lingüística ou da ordem mental —, o ficcionista lhe dê sinais de pontuação e de pulsação sem necessidade de identificação que não seja pelo movimento e não pela nomeação. Mais uma vez: personagem é texto, insiste Carrero. Fora dele é interpretação.

Ritmo, puro ritmo. Aqui devo esclarecer que não há um ritmo harmônico para todo o texto. Às vezes desarmônico. Rigorosamente e musicalmente polifonia. É preciso que cada personagem tenha o seu próprio ritmo, sua própria pulsação, seu próprio movimento interior, e que seja identificado por isso, ainda que gere um texto desordenado ou aparentemente desordenado. Um texto na aparência incorreto – monstruoso? — no sentido às vezes abstrato, às vezes impressionista, às vezes uma composição dodecafônica. Bremond sugere que "cada personagem, mesmo secundária, é o herói de sua própria seqüência (de ação)". "Também seqüência de linguagem — alertava-me Carrero — de frases, de imagens, enfim, de ritmo mesmo. E para sempre.

Não precisa ser, a rigor, também uma seqüência psicológica, ainda que atordoada e confusa. O importante é que se manifeste como elemento da linguagem. Confundindo os adjetivos, subvertendo a ordem dos parágrafos, intercalando bom gosto com mau gosto, dissonância, cacofonia, mudança do tempo verbal — busca e busca e busca. Personagem então é elemento de linguagem. Um personagem, apenas. Personagem é linguagem. Surge assim aquilo que Alejo Carpentier chamou de o Terceiro *estilo, referindo-se à fisionomia das cidades latino-americanas, submetidas a um "processo de simbioses, de amálgamas, de transmutações — tanto sob o aspecto arquitetônico como sob o aspecto humano".*

Carpentier acrescenta então: "As nossas cidades não têm estilo. *E no entanto começamos a descobrir agora que possuem o que poderíamos chamar um* terceiro estilo*: o estilo das coisas que não têm estilo. Ou que começaram por não ter estilo, como as rocalhas do rococó, os gabinetes de curiosidades do século XVIII, as entradas do metrô de Paris, os cavalos de carrossel, o negrinhos vienenses, barrocos, portadores de mesas ou de tochas, os quadros catastróficos de Monsú Desiderio, a pintura metafísica de Chirico, as arquiteturas de Gaudí ou a atual* pop art *norte-americana".*

E mais: "Com o tempo, esses desafios aos estilos existentes foram-se tornando estilos. Não estilos serenos ou clássicos pelo alargamento de um classicismo anterior, mas sim por uma nova disposição de elementos, de texturas, de fealdades embelezadas por aproximações fortuitas, de encrespamentos e metáforas, de alusões de coisas a 'outras coisas', que são, em suma, a fonte de todos os barroquismos conhecidos. O que sucede é que o terceiro estilo, mesmo porque desafia tudo o que se teve, até determinado momento, por um bom estilo *e* mau estilo — *sinônimos de* bom gosto *e* mau gosto — *costuma ser ignorado por aqueles que o contempla diariamente, até que um escritor, um fotógrafo ardiloso, proceda 'a sua revelação'".*

Para o inventivo autor de Ao redor do escorpião... uma tarântula?, *os personagens devem ser essa espécie de mundo atribulado, de aparente confusão, de polifonia e não harmônico, reunião do bom e do mau gosto, desse terceiro elemento que nos atormenta, nos embriaga e nos torna conscientes do mundo em que nos foi dado viver. Se é que vivemos. Ou representamos que vivemos. Mas se as nossas cidades estão começando a falar, como diz Carpentier, e se nossos personagens precisam se manifestar mais intensamente, pergunta Carrero, por que não procuramos refletir esse* terceiro estilo?

Assim se expressa o cubano: "Mas como as nossas cidades estão começando a falar, não o farão no estilo de Balzac, mas sim em estilo que corresponda às suas exigências profundas, não se esquecendo uma novidade extremamente importante: o romance começa a ser grande (Proust, Kafka, Joyce...) quando deixa de se parecer com um romance; quer dizer: quando nascido de uma novelística, ultrapassa essa novelística, engendrando, com a sua dinâmica própria, uma novelística possível, nova, disparada para novos ambientes, datada de meios de indagação e exploração que podem plasmar-se — nem sempre sucede — em obtenções perduráveis. Todos os grandes romances da nossa época começaram por fazer exclamar ao leitor: "Isto não é um romance". Parece com isso justificar o livro do escritor pernambucano. Justificar sua ousadia. Sua batalha.

De acordo com o Terceiro estilo — movido pela falta de estilo, por um mau gosto, digamos, de Chaplin em Tempos modernos, acendendo o cigarro nas nádegas, ou do bom gosto da obra de Proust, oscilando entre o chulo, o belo, o grotesco, o sublime — quem manda na narrativa são os personagens e não apenas o autor. O antigo deus onipresente. Exclusivo. Um personagem reúne em si mesmo todas as grandezas e todas as vilanias, capazes de se manifestar nele. E apenas nele.

As fontes da narrativa de Carrero são várias e heterogêneas. Múltiplas. Uniformes e disformes, como ele próprio diz. É possível assegurar que uma das fontes fundadoras — até onde se possa investigar a obra a partir dos fundadores brasileiros, completando a desmistificação deste livro — é o poema "Especulações em torno da palavra homem", de Carlos Drummond de Andrade, um destes momentos incríveis em que a leitura se confunde com a pulsação do sangue e portanto com o ritmo. "Em que o improviso faz a frase circular em torno dela mesma, indo e vindo, exaurindo-se, em fuga permanente" — assegura-me o autor (12.12.02).

O poema, todo montado em interrogativas, investiga a palavra

Homem, e não o ser — alguns versos inclusive aparecem como epígrafes na sua novela: As sementes do sol — O semeador. *Causa dor e alegria, algo que atormenta profundamente. Drummond investe numa palavra, questão de linguagem, e não num ser, questão filosófica. Uma palavra que se transforma em ser e, no entanto, não deixando de ser palavra, porque somente ali no poema é que ela se realiza, e transcende e volta ao estado natural. Eis Drummond: "Mas que dor é homem? Homem como pode descobrir que dói? Há alma no homem? E quem pôs na alma algo que a destrói?" Palavra e sentimento — linguagem pura.*

Outra fonte é O ciúme, *de Alain Robbe-Grillet, o criador do* noveau roman, *onde a palavra e a frase cristalizam o movimento, sem no entanto investir nos ritmos, que é sempre o ritmo do narrador, do organizador do texto, daquele que monta a partitura: "A mão direita pega o pão e o leva à boca, a mão direita recoloca o pão sobre a toalha branca e apanha a faca, a mão esquerda segura o garfo, o garfo penetra na carne, a faca corta um pedaço, a mão direita põe a faca sobre a toalha, a mão esquerda coloca o garfo na mão direita, que pega o pedaço de carne, que se aproxima da boca, e esta se põe a mastigar com movimentos de contração e extensão que repercutem em todo o rosto, até as maçãs, os olhos, as orelhas, enquanto a mão direita retoma o garfo a fim de passá-lo para a mão esquerda, depois segura o pão, depois a faca, depois o garfo..." Observem agora o interessante das interrogativas e dos travessões: "A mão direita pega o pão e o leva à boca? — a mão direita? — a mão direita recoloca o pão sobre a toalha branca e apanha a faca? — sobre a toalha branca? — a mão esquerda segura o garfo? — a mão esquerda? — o garfo penetra na carne, a faca corta um pedaço? — penetra e corta? — a mão direita põe a faca sobre a toalha? — põe a faca? —*

Acredito que os ritmos de Drummond e Robbe-Grillet, feito dois personagens, são diferentes e antagônicos. Temos aí dois movimentos, dois ritmos, que resultam numa só pulsação narrativa, dando ao texto maior plasticidade e melhor movimentação. Dois? Somente dois? E por que não três? Não é sem motivo que Tinianov fala em influências e convergências — *construção de um novo tecido narrativo com base numa possível — em possíveis — tradição. Ou tradições. Imagine os heterônomos de Fernando Pessoa circulando exaustivamente dentro de um mesmo texto. Ritmos, movimentos, pulsações. Até porque todo escritor, queira ou não, é construído através de influências conscientes e inconscientes — aquelas que ele ama e preserva, e as que nem sequer reconhece, mas que estão circulando nas veias para o todo e sempre, o que gera, afinal, o seu próprio texto, o resultado da sua experiência e do seu sonho. Não é sem razão que Harold Bloom escreveu* A angústia da influência *para demonstrar que o nascimento de um autor é a morte do outro. "Eu não tenho medo das influências, elas até me alimentam, tenho medo mesmo é da imitação", escreve-me ainda Carrero (28.10.02).*

E que se esqueça definitivamente o romantismo. Por favor, em Raimundo Carrero não há nada de romantismo e sim de técnica. Parece-me que de acordo com Tinianov mesmo os deslumbrados da inspiração estariam exercitando a intertextualidade da tradição.

Com certeza, Carrero parece acreditar ao longo do texto que, além das vozes, do uso particular de palavras ou de expressões, e dos sinais de pontuação, ao lado da alternância dos tempos verbais, somente o movimento interno pode contribuir para a montagem de um texto em que o autor desaparece para dar lugar ao personagem, aos sentimentos do personagem, às marcas do personagem. "Morreria o escritor? Morreria o autor? Morreria o criador?" Pergunta, ainda mais uma vez, e ele mesmo responde: "Quero uma narrativa, enfim, em que o personagem construa o texto, e não o autor, sem dúvida ventríloquo do primeiro, e se na tradição o escritor é ventríloquo por que não passar a narração ao próprio personagem?" (29.07.02).

Agora vem a questão da prática. A mais cruel das manifestações literárias.

Acertadamente, o autor foi ao encontro de Dostoievski — "o que o mundo é para a personagem" e "o que ela é para si mesma" — fazendo a personagem se manifestar sempre com as "mudas" e a "personificação" — "mudas" são os sinais de pontuação — não exatamente aquela "muda" de que fala Mario Vargas Llosa no estudo sobre Madame Bovary *— e a "personificação" se manifesta em todas as palavras que lhe são exclusivas e lhe dão uma personalidade artística e exclusiva.*

Por isso ele decidiu pelo uso da interrogativa e do travessão para Alice, e das reticências e das vírgulas para Leonardo, sem contar com as adversativas — do segundo — e dos dois pontos para ambos, além da alternância dos adjetivos. Muitas vezes procurou também alternar os tempos verbais, o que se acentua e aprofunda no texto 13, de propósito todo trabalhado na voz passiva, enquanto a nota dominante de outros textos é a voz ativa do presente, girando para o condicional e para o gerúndio, sempre que necessário, de forma a fazer o leitor viajar com as curvas, com as sinuosas e com os abismos dos personagens. Alice e Leonardo: os únicos.

A pontuação é um dos estudos mais apaixonantes da lingüística. No caso deste livro, mesmo não se tratando da métrica convencional — a chamada métrica do poema —, pode-se falar numa quase métrica musical, com a sua pulsação própria, considerando-se o movimento da frase — musical ou literária — e a respiração psicológica do personagem. Assim, o leitor é a rigor o intérprete: cabe a ele, em última análise, interpretar de acordo com o seu sangue e sua dor a intenção já não digo do autor, mas do personagem. De forma que se arma a equação de Dostoievski no sentido do que o mundo é para o personagem e para si mesmo, e convida o leitor a ser também ele o personagem e o mundo, pelo menos o mundo literário, já não só pela interpretação e sim pela participação. Acompanhar o personagem na composição do texto, através dos sinais de pontuação, das alternâncias verbais e da entonação dos adjetivos, é tarefa que altera a visão do leitor. Completamente.

Nas suas reflexões (12.12.02), o pernambucano indaga: "Afinal, para que existe a pontuação? Apenas para organizar a narrativa? Para dar uma ordem? Para sugerir uma harmonia? A pontuação também serve para caracterizar o personagem. Com certeza. Cada personagem tem o seu ritmo próprio, sua movimentação, sua respiração. E se o personagem tem sua própria respiração, tem um pulso particular e exclusivo, um pulso que é adversário de outro personagem, e de outra personagem, todos colocados em oposição, aí temos algo revolucionário, inquietante e forte: pontos, vírgulas, pontos e vírgulas, interrogações, reticências passam a servir de quase notas musicais na partitura — que é a página, o capítulo, ou o livro —, organizando ritmos e movimentos, criando uma melodia e eliminando aspectos interessantes da ficção, antes considerados importantes e fundamentais.

O personagem é, então, um símbolo e uma metáfora com razões poéticas definitivas, realizado no poema, no texto literário, e não fora dele. O escritor não precisa usar, por exemplo, a marcação dos diálogos — disse Maria, falou João, caminhou Manoel, nada disso. A pontuação — mais a seleção dos adjetivos, a opção por certos verbos, as mudanças de tempo verbal, a linguagem do personagem, enfim —, revela claramente ao leitor quem está falando. Ou ao longo do texto, basta a pontuação — a linguagem — e o personagem estará identificado. Com a vantagem de se passar para o texto todo um sistema de código capaz de enriquecer a obra, sem que se perca, por exemplo, a emoção. Essa experiência

Carrero realizou antes em Viagem no ventre da baleia — *ausência definitiva de marcação no diálogo* — *e em* Maçã agreste — *um tipo de linguagem para cada personagem.*

No entanto, para que isso possa ser feito, é preciso que o autor conheça muito bem o personagem, tenha a intimidade na mão, o que equivale, com certeza, ao olhar do personagem — *olhar real e olhar psicológico. Observe-se os olhares de Alice* — *fotografando o marido e acompanhando as emoções, portanto real* — *e de Leonardo* — *também fotografando a mulher e estudando as reações, portanto psicológica. A obra de Carrero obra está repleta desses olhares, desde, por exemplo,* A dupla face do baralho.

E o olhar do autor? Organiza, e apenas organiza — *se não existe uma palavra melhor e mais exata* — *os olhares dos personagens. Organização espacial, porque a organização emocional pertence ao personagem.*

Enfim, aproximando o texto da música, da composição musical, da orquestração, naquilo que pode, parece e é uma partitura e, da mesma forma, estendendo-se para o improviso e para a fuga, o leitor torna-se compositor, intérprete, participante e, enfim, maestro. Sem regras definidas, impositivas — *no sentido de não obedecer, digamos, à seqüência exigida pela fuga* —, *sobretudo porque o improviso, ao contrário da fuga, não obedece a rigores e parece acompanhar os conflitos da alma.*

Observe-se, por exemplo, que nas primeiras linhas desta narrativa há a exposição daquilo que será trabalhado: o desejo de Alice matar Leonardo, as oscilações, uma foto, uma quase foto, um quadro em movimento — *ela vendo Leonardo e, nas últimas linhas, sendo vista por ele. Na saída, o grito desta espécie intranqüila e nervosa de coro expondo, e berrando, o nome de Alice, que não aparece antes* — *os nomes dos personagens são suprimidos no início* — *e, em seguida, a frase que motivará toda a composição, em improviso e em fuga, tudo ao mesmo tempo, episódica e narrativamente.*

Em Madame Bovary, *Flaubert dá uma aula de como o personagem pode ser apresentado: Charles entra de repente, é dono da narrativa na primeira linha — um novato —, a ação antecede o nome, e o nome é igual ao vexame que passa. Charles mostra-se atrapalhado, confuso, imbecil. Parece incapaz de pronunciar o próprio nome. Ou seja, Charbovarí — Charles Bovari. No entanto, a sinuosa, insinuante e evasiva Ema Bovari vai surgir numa lentidão de quem caminha na neblina: uma moça, em seguida, a moça, mais tarde, a senhorita Rouault, e, finalmente, Ema. O movimento dos personagens é representativo, simbólico, dos caracteres. Da personalidade.*

Desde A história de Bernarda Soledade *— que é a sua estréia literária — a questão do verbo tem inquietado muito Raimundo Carrero. Muitíssimo. "Apenas por intuição — diz-me na correspondência —, decidiu usar números e letras na marcação dos capítulos, fazendo o verbo se alternar no interior do texto. Uma conquista primária e distante. E, no entanto, conquista." Voltou, mais decididamente, a enfrentar o problema em* Sinfonia para vagabundos *quando usou três tempos verbais numa única frase, cada um deles significando a psicologia dos personagens — Deusdete no presente — incisivo e forte; Natalício no passado — sem força para mudar o mundo; Virgínia no condicional — oscilante e sinuosa. Em* Maçã agreste *procurou uma linguagem diferente para cada personagem, trabalhada em blocos narrativos: violenta para Jeremias, burguesa para Sofia, arcaica para Dolores, humorística para Ernesto, o Rei das Pretas, e sombria para Raquel.*

Foi durante os seus estudos literários aplicados que nas aulas da oficina literária que Carrero aprendeu mais radicalmente a necessidade de pontuar de acordo com o ritmo do personagem — com o ritmo do personagem e com o ritmo da circunstância — não há verdade absoluta no campo das artes —, estabelecendo aquilo a que chama de pulsação narrativa. "É preciso considerar que na composição do texto há três pulsações fundamentais e básicas que nunca podem ser esquecidas: a pulsação do personagem e a pulsação do autor, para se alcançar a pulsação do leitor. Ainda que aparentemente fora do livro, o autor — e também o leitor — é também o personagem, é também um personagem, com certeza um personagem, todos os personagens, que embora conceda liberdade aos entes criados é também um deles, também ele um ente criado e, cada vez que compõe uma narrativa, o autor torna-se igualmente um personagem renovado, insólito e esquisito" (12.12.02).

Por isso, o escritor não tem mais apenas um estilo. Quem tem estilo é o personagem. Ele não é rei, é vassalo. E no entanto é rei. E é vassalo. É rei, rei. É vassalo, vassalo. E mesmo assim será rei.

*DO MESMO AUTOR
NESTA EDITORA*

SOMBRA SEVERA

AS SOMBRIAS RUÍNAS DA ALMA

SOMOS PEDRAS QUE SE CONSOMEM

OUTROS TÍTULOS DESTA EDITORA

AFINADO DESCONCERTO
Florbela Espanca

BORGES EM / E / SOBRE CINEMA
Edgardo Cozarinsky

CENTÚRIA
Giorgio Manganelli

CIDADE AUSENTE
Ricardo Piglia

CIMBELINE, REI DA BRITÂNIA
Willliam Shakespeare

AS COISAS
Arnaldo Antunes

COMO É
Samuel Beckett

CONTOS CRUÉIS
Villiers de L'Isle-Adam

CONTOS DE FADAS
Irmãos Grimm

A COR QUE CAIU DO CÉU
H.P. Lovecraft

O CORAÇÃO DAS TREVAS
Joseph Conrad

DEFESAS DA POESIA
Sir Philip Sidney & Percy Bisshe Shelly

DESORIENTAIS
Alice Ruiz S.

O ENTEADO
Juan José Saer

EXILADOS
James Joyce

FILOSOFIA NA ALCOVA
Marquês de Sade

IERECÊ A GUANÁ
Visconde de Taunay

METAFORMOSE
Paulo Leminski

OS SETE LOUCOS & OS LANÇA-CHAMAS
Roberto Arlt

SONHOS
Franz Kafka

TEATRO COMPLETO
Qorpo-Santo

VARIEDADES
Paul Valéry

Este livro terminou
de ser impresso no dia
28 de novembro de 2003
nas oficinas da
Bartira Gráfica e Editora S.A.,
em São Bernardo do Campo, São Paulo.